Royce Buckingham

Mürrische Monster

Roman

Ins Deutsche übertragen
von Joannis Stefanidis

blanvalet

Die Originalausgabe trägt den Titel
»Demoneater«.

FSC
Mix
Produktgruppe aus vorbildlich
bewirtschafteten Wäldern und
anderen kontrollierten Herkünften

Zert.-Nr. SGS-COC-001940
www.fsc.org

Verlagsgruppe Random House FSC-DEU-0100
Das FSC-zertifizierte Papier *Holmen Book Cream* für dieses Buch
liefert Holmen Paper, Hallstavik, Schweden.

1. Auflage
Taschenbuchausgabe November 2010
bei Blanvalet, einem Unternehmen
der Verlagsgruppe Random House GmbH, München

Published in arrangement with the author, c/o BAROR
INTERNATIONAL, INC., Armonk, New York, U.S.A.
Umschlaggestaltung: HildenDesign, München
Umschlagillustration: Michael van den Bosch, Niederlande
Illustrationen Innenteil: Melanie Miklitza, München
Redaktion: Alexander Groß
Lektorat: Urban Hofstetter
Herstellung: Sabine Müller
Satz: Uhl + Massopust, Aalen
Druck: GGP Media GmbH, Pößneck
Printed in Germany
ISBN 978-3-442-26773-6

www.blanvalet.de

Prolog

Wexford, Irland – 1739 n. Chr.

»Mein Meister ist wohlbehalten von der Reise zurückgekehrt!«, kritzelte George McFeen auf das knittrige Pergament des in Kalbsleder gebundenen *Kompendiums.*

Es war ein schlichter Satz – kurz, freudig und von der Zuneigung kündend, die der irische Schüler für seinen Lehrmeister empfand. McFeen beendete den Eintrag mit einem schwungvollen Schnörkel, sprang auf und eilte aus der Schreibkammer, um an der Wiedersehensfeier teilzunehmen.

Als er sich am nächsten Tag erneut an den Schreibtisch setzte, hatte er allen Überschwang verloren. Stirnrunzelnd brütete er vor sich hin und trommelte zögernd mit der Schreibfeder gegen das Tintenfässchen, bis er sie schließlich eintauchte und zum Pergament führte.

»Zuerst war ich überglücklich, dass mein Mentor heimgekehrt ist«, notierte er und wählte die Worte mit Bedacht, bevor er sie niederschrieb. »Ich hatte ihn tot geglaubt. Das taten wir alle, denn kein Mensch kann ohne Essen und Trinken dreißig Tage auf hoher See überleben – und doch ist es ihm irgendwie gelungen. Er sagt, er habe sich von den saftigen Insekten ernährt, die das verfaulte Holz seines Bootes befallen hatten.«

Ein Luftzug ließ die Kerzenflamme flackern, und McFeen schaute über die Schulter. Als er niemanden sah, schloss er die Augen. Doch er spürte auch außerhalb seines Blickfeldes nichts in der Kammer, also schrieb er weiter.

»Er ist ohne die Dämonen zurückgekehrt und erzählt, er hätte ihre Spur verloren. Ich war zu beglückt, um an seinen Worten zu zweifeln. Aber er verhält sich sonderbar. Ganz anders als vor der Reise. Und wenn er über die Dämonen spricht, tropft ihm der Geifer von den Lippen.«

McFeen stieß sich vom Schreibtisch ab und merkte, dass er schwitzte. Er klappte das *Kompendium* zu und sperrte beim Hinausgehen gewissenhaft die Tür ab.

Eine Woche darauf öffnete sich die Tür von neuem. McFeen trat eilig ein und setzte sich. Er schrieb mit zittriger Hand.

»Seine Streifzüge sind neuerdings ungeheuer ergiebig, er wittert die Beute wie ein Jagdhund. Und sein Äußeres verändert sich. Als ich heute Abend am Salon vorbeiging, beobachtete ich, wie er sich über ein Geschöpf beugte, dessen wir gerade habhaft geworden waren, einen Hungerdämon der ersten Ebene, den wir fast ein ganzes Jahr lang kreuz und quer über die Insel verfolgt hatten. Durch den Türspalt sah ich ihn über der Gestalt knien. Ich hörte ein Knirschen und dann den grässlichen Schrei des Dämons. Einzelheiten konnte ich nicht erkennen, aber ich weiß, dass unsere Aufgabe gefährdet ist, denn wir haben geschworen, sie zu schützen, und er hat ihn umgebracht. Ich glaube, er hat nicht bemerkt, wie ich mich davonschlich.«

Zwei Tage später kehrte McFeen noch einmal an den Schreibtisch zurück, um einen letzten Eintrag zu diesem Kapitel vorzunehmen. Es dauerte nicht lange. Als er fertig war, setzte er mit einem Stoßseufzer den Punkt hinter das letzte Wort, dann erhob er sich bekümmert. Das *Dämonenhüter-Kompendium* ließ er aufgeschlagen liegen.

»Er verschlingt sie«, hatte er hinzugefügt. »Mein Mentor ist ein Dämonenfresser.«

1. Kapitel

Der Troll erwacht

Seattle, USA – 2010

Leiser Nieselregen durchtränkte das abendliche Seattle, und ein junges Mädchen in einem rosafarbenen Kleid trat zögernd unter die Aurora-Brücke am Highway 99, verfolgt von den letzten Sonnenstrahlen über der Elliot Bay.

Sie wandte sich um, hob den Blick und erstarrte. Über ihr erhob sich der Fremont Troll, eine knollenförmige, mürrisch dreinblickende Gestalt, die so groß war, dass ihre linke Hand einen alten VW-Käfer umschloss, als wäre er ein Tennisball. Der wuchtige Oberkörper ragte zwischen zwei breiten Brückenpfeilern aus dem Boden, während die untere Körperhälfte im Asphalt vergraben schien.

»Ist das die Stelle?«, rief der Vater des Mädchens von hinten.

Sie traute sich nicht, etwas zu sagen, deshalb nickte sie nur, während ihr Vater unter die Brücke trottete, eine Digitalkamera von der Größe eines Kartenspiels am Handgelenk.

»Wow«, staunte er. »Steig auf die rechte Hand, ich mach ein Foto von euch.«

Das Mädchen schaute vom Troll zur untergehenden Sonne und dann zurück zum Vater. Sie sah ihn flehend an.

»Er ist viel größer, als du gesagt hast«, flüsterte sie, als fürchtete sie, das Ungetüm könnte zum Leben erwachen. Sie stand reglos da und hoffte, die Sonne würde untergehen, bevor ihr Vater sie dazu gebracht hätte, auf die Hand zu klettern. Andererseits hätte sie auch nichts dagegen gehabt, wenn die Sonne heute ausnahmsweise einmal *nicht* unterginge.

»Komm schon, er beißt nicht«, drängte ihr Vater. »Es ist doch bloß eine Skulptur.«

Der riesige Troll bestand tatsächlich aus Zement – ein verrücktes Kunstwerk an einem ungewöhnlichen Ort. Das Gesicht blickte mit einer Miene auf sie herab, die sie nicht deuten konnte. Missfallen? Verärgerung? Oder etwa Hunger? Sie holte tief Luft, beugte sich vor und fand eine Stelle, an der sie sich festhalten konnte. Sie schloss die Augen, während sie sich an einem rauen Betonfinger emporzog, der größer war als sie selbst, dann wandte sie sich um und bedeutete ihrem Vater, schnell das Foto zu schießen.

Ihm war klar, dass es keine andere Gelegenheit geben würde, und so drückte er auf den Auslöser, dann zur Sicherheit rasch noch ein zweites Mal. »Okay, zurück zum Wagen«, sagte er. »Beeil dich, der Regen wird stärker.« Damit huschte er unter der Brücke hervor und verschwand.

Die Sonne versank hinter den Inseln und ließ sie mit dem Troll allein. Graue Regenwolken verbargen den Mond, deshalb wurde es unter der Brücke augenblicklich finster. Sie wandte sich um und wollte wieder hinabklettern, blieb aber mit dem Kleid an einer Betonkante hängen. Das Gesicht des Trolls schwebte im Halbdunkel undeutlich über ihr, aber es war riesig und starrte finster auf sie herab. Sie zerrte an ihrem Kleid; ob sie es zerriss, war ihr egal, sie wollte einfach nur weg von diesem Ort. Einen Moment lang tat sich nichts. Aber dann gab der Stoff plötzlich nach, und sie war frei. Während sie sich an dem Riesenfinger zu Boden gleiten ließ, überschlugen sich ihre Gedanken. Hatte sich das Kleid von selbst gelöst, oder hatte der Troll sich bewegt? *Unmöglich,* dachte sie, und ohne abzuwarten, ob noch irgendetwas geschah, stolperte sie hastig hinter ihrem Vater her.

Nach zehn Schritten, sie hatte die Brücke schon fast hinter sich gelassen, hörte sie es in ihrem Rücken poltern.

RUMPEL! KNIRSCH!

Ihr Herz schlug einen Purzelbaum, und die Augen traten ihr hervor wie umgedrehte Untertassen. Dann wurde ihr plötzlich klar, was der Gesichtsausdruck der Betonfigur bedeutet hatte. Das war kein Missfallen, Ärger oder gar Hunger gewesen. Den Troll hatte genau wie sie die Angst gepackt.

Beklommen riskierte sie einen Blick über die Schulter und schnappte nach Luft. Die Stelle unter der Brücke war leer, bis auf den ausrangierten, aufs Dach gekippten VW-Käfer. Daneben klaffte ein riesiges Loch im Boden. Die Figur war verschwunden.

Sie starrte die verstreuten Betonklumpen auf der Straße an, auf der der Troll davongerannt war. *Wenn die Leute morgen früh aufwachen, erwartet irgendjemanden eine gewaltige Überraschung,* dachte sie. Dann nahm sie die Beine in die Hand.

2. Kapitel

Morgenstund hat Gold im Mund

Vier klobige Holzbeine marschierten auf den oberen Treppenabsatz zu. Sie staksten vernehmlich über den Fußboden, während von draußen die ersten Sonnenstrahlen durch das Fenster krochen und helle Lichtsplitter in den Flur warfen. Quer zur obersten Treppenstufe blieb das Bett stehen und schüttelte sich so heftig, dass es dem friedlich darunter schlummernden Dreizehnjährigen die Decke wegzog.

Richie wälzte sich herum und angelte nach der Bettdecke. Doch sie wich vor seiner Hand zurück und entlockte ihm ein langgezogenes Gähnen. Vom Licht geblendet, zuckte er zusammen. Schließlich kapitulierte er, schwang die Beine aus dem Bett … und purzelte die Treppe hinunter wie ein liebenswerter Tolpatsch, der vorübergehend den Boden unter den Füßen verliert.

HOLTERDIEPOLTER-BAUZ-PARDAUZ!

Verschlungen wie eine Brezel lag Richie am Fuß der

Treppe und starrte zwischen seinen Beinen hindurch wütend zum Bett hinauf.

»Verdammt noch mal, aua!«

Er enthedderte sich mühsam und griff nach einem heruntergefallenen gerahmten Foto eines Adlers, der gerade herabstößt, um einen Lachs zu fangen. Dann zielte er damit auf das Bett, aber auf einmal wuchsen dem Bilderrahmen Flügel, und er schwebte harmlos durch die Eingangshalle, bis er an der Wand landete, wo er sich, leicht schief, festkrallte.

Das Bett schüttelte sich vor Vergnügen und wackelte den Flur entlang. Richie rappelte sich hoch und nahm die Verfolgungsjagd auf.

»Jetzt reicht's aber, du blödes Ding!« Er stürmte die Treppe hinauf, schlitterte auf Socken über den Fußboden und suchte nach Halt wie eine durch die Luft sausende Comicfigur. Dann knallte er gegen die Wand.

RUMMS!

Das sperrige Bett schob sich ungelenk um die Ecke, während Richie sein Gleichgewicht wiederfand und ihm nachsetzte.

Nathan war bereits aufgestanden. Als er das Tohuwabohu hörte, trat er aus seinem Zimmer und griff gelassen nach der Schulter seines Lehrlings, so dass Richie abrupt zum Stehen kam.

»Mal wieder verschlafen?«, fragte Nate.

»Ich will ein anderes Bett«, maulte Richie.

»Ich musste als Lehrling dasselbe benutzen.«

Richie stampfte trotzig mit dem Fuß auf. »Komm

schon, Nate. Das blöde Ding rennt jede Nacht woandershin. Gestern bin ich nach dem Aufwachen in die Kloschüssel getreten.«

»Ist eklig, ich weiß. Ist mir auch passiert«, pflichtete Nate ihm bei, dann reichte er Richie einen Putzlappen und einen Eimer Wasser. »Hier. Der Flur müsste mal wieder gewischt werden«, sagte er und ging davon.

Stirnrunzelnd schüttete Richie etwas Wasser auf den Boden und begann zu schrubben.

Während er sich durch den Flur arbeitete, kam er an der Eisen- und der Holzmaske vorbei, die einander gegenüber an der Wand hingen – die zänkischen Lärmdämonen.

»He, Kleiner«, sagte Eisengesicht, »musst du die ganze Arbeit im Haus allein machen?«

»Haltet den Mund, ihr Gruselfratzen«, sagte Richie. »Ich kenne euer Problem.«

»Wie der Lehrer, so der Schüler«, sagte Holzauge und ruckte am Wandnagel hin und her.

»Dhaliwahl hat Nate auch immer die Drecksarbeit erledigen lassen«, setzte Eisengesicht nach.

»Ist ein richtiger Teufelskreis«, bemerkte Holzauge.

»Ich hör nix.« Richie hielt sich die Ohren zu.

»Er nutzt dich aus, Junge«, sagte Eisengesicht.

»La-la-la-ich-hör-nix-la-la-la«, trällerte Richie, während er die beiden Miesmacher zurückließ und sich so schnell wie möglich im hinteren Flurende zu schaffen machte.

»Lass dir nichts gefallen«, rief die Holzmaske ihm

nach und riss theatralisch die bunt umrandeten Augen auf.

Als Richie fertig war, machte er sich an die nächste – und unangenehmste – Aufgabe seiner täglichen Pflichten – die Fütterung des TIERS. Er schleppte die beiden Eimer voller Fischinnereien durch die Eingangshalle.

»Mach schon, beweg dich«, knurrte er den senffarbenen indischen Teppich an.

Der Teppich wogte zur Seite und gab die im Boden eingelassene Falltür frei. Als Richie herantrat und sich bückte, um sie zu entriegeln, bäumte sich der Teppich noch einmal auf und stieß ihm in den Rücken.

»He!« Richie erschrak. Die Fütterung war schon heikel genug. Er konnte keine zusätzlichen Überraschungen gebrauchen. »Soll ich dir einen Fischsaucenfleck verpassen, der nie wieder rausgeht?« Drohend schwenkte er einen der Eimer mit Glibberzeug. »Ich bin heute nich zu Späßen aufgelegt, verstanden?«

Der Teppich gab Ruhe, und Richie wandte sich wieder der Falltür zu. Er holte tief Luft, löste die schwere Eisenstange aus der Verankerung und begann, die Fischinnereien durch das Gitter und über die Futterraufe in den Keller hinabzuschütten, wo das TIER in der Dunkelheit auf sein Fressen wartete.

Richie hörte, wie die blutige Mixtur die Raufe hinunterpatschte und tief unten auf den Kellerboden spritzte. »Hoffentlich erstickst du an einer Gräte«, rief er hinab.

Ein Knurren schallte zu ihm herauf. Seufzend trat Richie die Falltür zu und verriegelte sie rasch.

»Eklig, grauenhaft und lebensgefährlich«, murmelte er vor sich hin. »Die grässlichste Arbeit aller Zeiten.«

Manchmal kam sich Richie wie ein Gefangener vor in diesem Haus, in dem sie die widerspenstigen Manifestationen des Chaos hüteten. Nach dem jahrelangen Leben auf der Straße fühlte er sich hier drinnen machmal wie in einem Käfig. Es war nett von Nate gewesen, einen kriminellen, obdachlosen jungen Streuner wie ihn bei sich aufzunehmen, und das Haus bot ihm einen willkommenen Unterschlupf, aber irgendwie war das Ganze auch eine Art freiwilliger Stubenarrest. Mit den ganzen Hausdämonen im Nacken, die ihn regelmäßig fast um den Verstand brachten, kam er sich manchmal vor wie in einer privaten Irrenanstalt, in der es nur zwei Insassen gab, nämlich ihn selbst und seinen jugendlichen Mentor, und er war gar nicht ganz sicher, ob sie beide nicht vielleicht wirklich verrückt waren.

Er musste hier raus, beschloss er. Es gab auch draußen Aufgaben für ihn, an der frischen Luft und in der Normalität des ersten Tageslichts.

3. *Kapitel*

Das Ende der Bierdämonen

Den Bierdämonen im McHale's Irish Pub in Seattles Hafenviertel brachte das erste Tageslicht kein Glück. Die Taverne war morgens geschlossen, und normalerweise konnten die kleinen wurmartigen Geschöpfe nach Lust und Laune in den halbvollen Biergläsern planschen, die noch überall herumstanden, und sich auf den klebrigen, abgewetzten Tischen austoben, bis die Putzkolonne erschien und sie sich wieder in die Bierfässer hineinquetschen mussten, die ihnen als Unterschlupf dienten.

Die winzigen Kerle waren keine bösartigen Dämonen, sondern alberne Kobolde, die abends, wenn der Pub voll war und es hoch herging, in den Bierkrügen schwammen, die Kehlen der feiernden Gäste hinabrutschten und zum Hirn aufstiegen, um sich dort für einige Stunden nach Herzenslust auszutoben. Es war eine Art Sport für sie. Irgendwann verschwanden sie wieder ebenso unbemerkt, wie sie gekommen waren, und ließen ihre menschlichen Wirte nicht mitgenommener zurück, als sie es ohnehin gewesen wären. Aber es war auch möglich, dass ein besonders trinkfreudiger Gast am nächsten Tag schlimme Kopfschmerzen hatte, weil zu viele der lustigen Winzlinge seinen Kopf durcheinandergewirbelt hatten.

Das sorglose Treiben der Mini-Dämonen fand an diesem Morgen jedoch schon vor Ankunft der Putzkolonne ein jähes Ende. Ein seltsamer Schatten erschien am Fenster, während über der Bucht die Sonne aufging. Sekunden später barst die Glasscheibe nach innen und zerstörte das vergnügte Treiben.

Kichernd krabbelten sie auf die Bierfässer zu, die ihnen Sicherheit versprachen. Aber es waren langsame Geschöpfe, und der Eindringling war schnell. Er schlüpfte durch die geborstene Fensterscheibe und schnitt ihnen den Weg ab, so dass sie ihm schutzlos ausgeliefert waren.

Es war kein Dämon, denn er verströmte kein Chaos, sondern stellte den kleinen Possenreißern ganz systematisch nach, trieb sie zusammen wie ein Hund eine Schafherde. Es war auch kein Mensch, denn offenkundig konnte er die Dämonen sehen. Er war etwas anderes.

Die Bierwürmer waren eine schlichte Form des Chaos und nicht besonders klug. Sie scharten sich am Tresenende zusammen und stapelten sich zu einem verschlungenen Haufen, um Schutz in der Gruppe zu finden – ein Fehler. Der Schatten baute sich über ihnen auf, stieß einen spitzen Scherenarm in den Haufen und hielt sich einen von ihnen vor das aufgerissene Maul. Der unglückliche Dämon, den er herausgepickt hatte, quiekte, als der Angreifer ihn zerquetschte. Man hörte ein hohles Knacken, dann spritzte das flüssige Chaos, das dem zuckenden Bierdämon Leben verlieh, aus seinem Kopf und hinein in den offenen Schlund des Eindringlings. Er schnippte den Kadaver von sich wie eine leere Erdnussschale und stieß den grauenvollen Scherenarm dann erneut hinab, um den nächsten armen Wurm herauszuklauben. Da sie alle auf einem Haufen lagen, konnte der Dämonenfresser gar nicht danebengreifen.

Er saß am Tresen und verschlang die wimmernden kleinen Wesen, verärgert darüber, dass ihm der riesige, köstlich duftende Troll entkommen war, während er noch dabei gewesen war, eine passende Gestalt anzunehmen, um die riesige Figur hinunterwürgen zu können. Aber in dieser Stadt namens Seattle wimmelte es von Dämonen, und einige prächtige Exemplare lebten sogar völlig arglos im Freien; er brauchte sie nur aufzuspüren und zu verschlingen. Außerdem spürte er, dass sich eine große Zahl von Dämonen an demselben Ort aufhielt – diesen Ort galt es nur noch zu finden.

4. Kapitel

Gartenarbeit mit Hindernissen

Richie verließ den Tumult, den die Dämonen drinnen veranstalteten, und ging hinaus in den wild wuchernden Garten. Das Haus steckte voller unberechenbarer Wesen, und Nate hatte sie alle ins Herz geschlossen, selbst die schlimmsten unter ihnen. Er erinnerte Richie immer wieder an seine Aufgabe als Dämonenhüter-Lehrling, den Geschöpfen einen sicheren Ort zum Leben zu geben und dass es ihre heilige Pflicht sei, das über Generationen zusammengetragene Werk ihrer Dämonenhüter-Vorgänger zu bewahren. Aber es war schwer, wenn sich ihre Schutzbefohlenen wie eine Schulklasse voller arroganter frecher Kinder benahmen. Technisch betrachtet, war Nate volljährig, aber Richie fühlte sich noch nicht alt genug, um sich schon wie ein verantwortungsvoller Erwachsener zu verhalten, deshalb hörte er jedes Mal zu und nickte brav, aber mit den Einzelheiten des Dämonenhütens nahm er es längst nicht so genau wie sein Mentor. Solange die Dämonen nicht umkamen oder entwischten, leistete er für sein Alter doch prima Arbeit, fand er.

Richie sah sich im Schuppen um und fand eine ausziehbare Leiter. Das Haus besaß inklusive Dachboden drei Stockwerke und ragte zwölf Meter in den trüben Himmel von Seattle auf. Nate hatte die Leiter nie erwähnt, deshalb ging Richie davon aus, dass sie kein Dämon war, aber als Lehrling war sein Gespür für Dämonen noch nicht so weit entwickelt, dass er die Wesen immer auf den ersten Blick hätte erkennen können. Die Leiter sah ganz normal aus. Sie bestand aus Aluminium, war ziemlich schwer und hatte drei ausziehbare Teilstücke. Das sollte genügen, dachte Richie.

Er lehnte sie an die Hauswand. Man zog die einzelnen Teile mit einer Flaschenzugkette auf die volle Länge aus, und nach einigem Gezerre und Gerucke reichte die Leiter tatsächlich bis zum Dach. Richie trat ein letztes Mal prüfend dagegen. Sie fühlte sich standfest an. Genau genommen schien sie fast am Haus zu kleben und wackelte kein bisschen. Er nickte und machte sich an den Aufstieg.

Oben angekommen, konnte Richie über das Stadtzentrum und die Elliot Bay bis zu den Inseln im Puget-Sund blicken. Vor der Stadtsilhouette erhob sich die Space Needle, der schlanke, weit in den Himmel aufragende Aussichtsturm, der 1962 das Wahrzeichen der Weltausstellung gewesen war. Ganz oben, fast zweihundert Meter über der Erde, gab es ein großes rotierendes Restaurant. Er hatte immer schon einmal dort hinauffahren wollen, aber als Straßenjunge hätte man ihn nie im Leben hineingelassen. Er fragte sich, ob Nate ihn wohl eines Tages dorthin mitnehmen würde.

In zwölf Metern Höhe fühlte sich Richie erfüllt von Frieden und Stärke, zwei Dinge, die er während seines Lebens auf der Straße, bevor er als Dämonenhüter-Lehrling bei Nate eingezogen war, nie gekannt hatte. *Vielleicht isses ja doch nich so schlecht, in einem Haus voller Dämonen zu wohnen,* dachte er. Dann wandte er sich zur Seite und begann, den Matsch aus der Regenrinne zu kratzen.

In den uralten Rinnen, die rings um das Dach verliefen, sammelte sich alles mögliche Zeug, das der Wind heranwehte oder der Himmel fallen ließ. Richie stieß die Handschaufel in eine zähe Mixtur aus Laub, Einwickelpapier, Vogelmist, Moos und anderen halb verfaulten Dingen, die nicht mehr zu erkennen waren. Schließlich entdeckte er sogar eine Frisbeescheibe, die zwischen Hauswand und Rinne klemmte. Er fuhr mit der Schaufel durch die metallische Halbröhre, schippte den Dreck heraus und sah sich vor, ihn nicht zu berühren, denn ihm war klar, dass das Zeug nicht gesund sein konnte. Er schleuderte es über die Schulter, so dass es hinter ihm wie eine Dusche aus feuchtem, fauligem Kompost zwölf Meter in die Tiefe regnete. Einige Stücke fielen dabei in Mr. Neebors benachbarten Garten und brannten zischend braune Löcher in die zarten Blumen.

Eine Möwe kam herangeschwebt und ließ sich auf der

Regenrinne nieder, die Richie gerade sauber machte; vielleicht hoffte der Vogel, einen verborgenen Leckerbissen zu ergattern, den er – Richie – durch seine Arbeit freigelegt hatte. In New York waren Tauben die Ratten des Himmels, hier in Seattle waren Möwen die fliegenden Aasfresser. Richie hatte nichts gegen sie. Sie waren Müllsammler, so wie er selbst einer gewesen war, deshalb wusste er ihren Lebensstil zu würdigen. Als die Möwe sich auf dem Rand der Regenrinne niederließ, rief er ihr eine freundliche Warnung zu.

»Husch! Weg mit dir!«

Der Vogel sah ihn unbeeindruckt an und begann, im noch verbliebenen Dreck herumzupicken.

»Ich mein's ernst, Kumpel«, sagte Richie. »Flieg weiter.«

Diesmal starrte die Möwe zu ihm herüber, funkelte ihn an und stieß ein langgezogenes, ärgerliches Kreischen aus, das abrupt endete, als die Regenrinne sich aufbäumte, den unseligen Vogel packte und ihn ins Fallrohr stopfte. Die Öffnung war weit genug aufgerissen, um die Möwe in einem Stück zu verschlingen. Das Ganze ging blitzschnell.

»Ich hab dich gewarnt«, sagte Richie kopfschüttelnd, als eine einzelne Feder an ihm vorbeischwebte.

In dem Moment begann sich die Leiter aufzurichten. Richie griff nach der Regenrinne, doch auch sie wich zurück, deshalb zog es ihn vom Haus weg. »Nein, nein, nein…«, stammelte er. Er verspürte ein Gefühl der Schwerelosigkeit – die Leiter stand aufrecht da, ohne jeden Halt, und schwankte leicht im Wind. Ein Zwölf-Meter-Sturz würde ihn umbringen, befand Richie.

Dann begann die Leiter herumzuhüpfen. Richie klammerte sich an die Sprossen, bis seine Knöchel weiß hervortraten. »Hör auf damit!« Die Leiter wirbelte auf einem Bein herum – anscheinend mochte sie es nicht, wenn man sie anbrüllte. »Tut mir leid«, sagte Richie schnell. »Echt, es tut mir leid.«

Er hatte sich nicht vorstellen können, dass das riesige Aluminiumgerät ein Dämon war. Er hatte sogar versucht, es zu überprüfen, aber er hatte sich getäuscht. Und jetzt ließ die lebendige Leiter ihn zwölf Meter über dem Erdboden an den Fingerspitzen baumeln und sprang im Garten herum. Richie schloss die Augen und hielt sich krampfhaft fest; er hoffte inständig, dass das Ding genauso wenig umfallen wollte wie er. Dann spürte er, wie sie gegen etwas Festes stießen. Er öffnete die Augen und bemerkte, dass die Leiter wieder am Haus lehnte. Sie war nur ein paar Meter zur Seite gerückt, damit er den nächsten Abschnitt der Regenrinne erreichte.

Richie atmete tief durch. Eine instabile Leiter – klassisches Chaos, dachte er, ein typischer Dämon. Er hätte es wissen müssen. Er verfluchte sich, weil er nicht von selbst darauf gekommen war, und begann, den nächsten Teil der Regenrinne auszukratzen.

Nate beobachtete seinen Lehrling vom Fenster aus. Der Drang, hinauszustürmen und Richie zu helfen, war stark, aber Nate ließ es bleiben, um zu sehen, ob der Junge allein mit dem Chaos zurechtkam. Die Mätzchen der Leiter hatte er ja überlebt, und das war schon einmal vielversprechend.

Kurz darauf stand Richie wieder auf dem Rasen und warf einer Gruppe von pummeligen kleinen Engelsfiguren verfaultes Gemüse zu. Die Figuren tapsten den Leckerbissen entgegen wie verirrte Entlein mit Blähbäuchen, die mit jedem Happen dicker wurden. Sie folgten Richie, bis er sie alle vor dem zersprungenen, mit Brackwasser gefüllten Springbrunnen gruppiert hatte. Er fand eine überreife Honigmelone und rollte sie auf die Figuren zu.

RUMMS!

Abgebrochene Gliedmaßen segelten durch die Luft.

»Volltreffer!«, jubelte Richie. Grinsend wandte er sich um. Vor ihm stand Nate und musterte ihn stirnrunzelnd.

»Schöne Schweinerei«, sagte er. »Eigentlich hatte ich dich zum Saubermachen rausgeschickt.«

»He, die kleinen Fettwänste werden doch von selbst wieder heil.«

Hinter ihm begannen die Engelsfiguren bereits eifrig, sich wieder zusammenzusetzen, balgten sich um einzelne Gliedmaßen, vertauschten Körperteile. Einer Figur ragte ein Arm aus dem Hals. Eine andere hatte sich fälschlicherweise die Nase zwischen die nackten Beinchen gesteckt.

»Mit Engeln zu kegeln ist Unfug«, schimpfte Nate. »Wir haben hier schon genug Chaos, ohne dass du auch noch mitmischst.«

»Ich hab mir doch bloß einen Spaß gemacht«, hielt Richie dagegen. »Du lässt mich dauernd stupide Putzjobs und Aufräumarbeiten verrichten, als wär ich ein ganz gewöhnlicher Junge.«

»Aber du *bist* doch noch ein Junge.«

»Ja, aber kein gewöhnlicher. Als du mich bei dir aufgenommen hast, meintest du, ich hätte besondere Fähigkeiten, und jetzt erledige ich bloß irgendwelche Hilfsarbeiten. Manchmal glaub ich fast, du nutzt mich aus.«

Nate nickte. »Das haben dir die Masken eingeflüstert, stimmt's? Ich habe dich doch vor ihnen gewarnt.«

Richie ließ die Schultern hängen. »Ich dachte, ich würde irgendwelche Zaubertricks lernen …«

»Wir zaubern nicht. Das ist Fantasy-Quatsch. Wir sind keine Hexenmeister.«

»… und gegen das Böse kämpfen.«

»Dämonen sind nicht böse. Sie sind nur lebendig gewordene Entropie.«

Richie sah Nate mit verständnislosem Blick an.

»Betrachte sie als wilde Tiere«, erklärte Nate, »als Elefanten oder Tiger, nur dass sie niemand außer uns sehen kann. Zoowärter kämpfen auch nicht gegen ihre Tiere, oder?«

»Nein«, räumte Richie ein.

»Sie passen auf sie auf«, sagte Nate.

»Ich dachte bloß, dass das Ganze ein bisschen …« Richie suchte nach dem passenden Wort. »… ein bisschen *magischer* wäre«, sagte er schließlich.

Nate seufzte. »Auf Dämonen aufzupassen ist eine

ernste Angelegenheit, kein Spiel. Generationen von Hütern haben ihr Leben der Aufgabe verschrieben, die Manifestationen des Chaos einzufangen, die in diesem Haus wohnen. Sie zu beschützen ist eine lebenslange Bestimmung, die wir über unsere persönlichen Bedürfnisse stellen.« Richie verdrehte die Augen, und Nate wurde bewusst, dass er dem Jungen den gleichen Vortrag schon einmal gehalten hatte. »Und wer Fehler macht, wird aufgefressen«, fügte er hinzu. Ihm war klar, welches Risiko er mit Richie einging, einem orientierungslosen Straßenjungen ohne Perspektive.

»Du hast versprochen, dir Mühe zu geben«, erinnerte Nate ihn.

Richie nickte seufzend. »Ich weiß«, sagte er. »Aber wenn mir etwas langweilig wird, verlier ich die Lust.«

Nate verstand, was Richie meinte. Tagaus, tagein das Chaos in Schach zu halten konnte ziemlich eintönig sein.

»Große Schlachten mit bösen Hütern und kinderfressenden Monstern geschehen nicht alle Tage, Richie«, sagte Nate. »Der Großteil unserer Arbeit besteht aus stinknormalem Aufpassen, und die Chancen, dass wir noch mal so einen verrückten Tag erleben wie den, als wir uns begegnet sind, stehen ungefähr eins zu einer Million.«

Es war wirklich ein verrückter Tag gewesen, als sie sich kennengelernt hatten. Nates Mentor Mr. Dhaliwahl war gestorben und hatte das Haus und dessen Bewohner Nates Obhut überlassen, obwohl der gerade mal siebzehn

Jahre alt war. Er war erst seit wenigen Wochen alleinverantwortlich im Amt gewesen, als der Dürre Mann aufgetaucht war, um ihn umzubringen, das Haus zu übernehmen und die darin wohnenden Dämonen zu versklaven. Der Dürre Mann war Mr. Dhaliwahls gescheiterter früherer Lehrling gewesen und mit drei gefährlichen Gehilfen und einer Riesenwut im Bauch zurückgekehrt. Nur eine Fehleinschätzung, in deren Folge der jähzornige Hüter unten im Keller von dem TIER verschlungen worden war, hatte Nate und Richie vor dem sicheren Tod bewahrt.

»Frieden und Ruhe zu haben ist eine gute Sache«, sagte Nate vieldeutig.

Richie verzog das Gesicht, was bedeutete, dass er verstand, worauf sein Mentor anspielte. Nate wusste, dass es für Richie ein gutes Geschäft war, in dem Haus wohnen zu können, auch wenn es dort keine Magie, sondern nur viel harte Arbeit gab. Drei warme Mahlzeiten am Tag und als Boss einen Teenager zu haben war allemal besser, als in einem Pappkarton oder in einem Bushäuschen zu schlafen, selbst wenn das Bett einen nächtens herumtrug und man gelegentlich die Treppe hinunterpurzelte.

»Apropos Arbeit«, sagte Nate, »ich möchte, dass du die Sträucher beschneidest.« Nate reichte seinem Lehrling eine armlange Machete.

»Wow!« Richie starrte die Waffe erstaunt an.

»Ach so, noch was.« Nate nickte. »Den hier solltest du auch mitnehmen.« Er wühlte in der Kiste mit dem Gartenwerkzeug herum und zog einen mittelalterlichen Schild heraus.

Im Nordwesten gehörten Brombeeren zu den einheimischen Obstgewächsen; sie gediehen auch in Nates Garten. Es war eine aggressive, sich rasend schnell ausbreitende Pflanze. Unbeschnitten wuchs sie rasch zu einem undurchdringlichen, eng verschlungenen Dickicht an, mit spitzen Dornen an den Trieben. Aber das wirklich Heimtückische an ihnen war, dass die Zweige eigene Wurzeln schlagen konnten, wo immer sie den Boden berührten, so dass der Strauch alle Handbreit neuen Halt fand, während er sich blitzartig ausbreitete und anderen Pflanzen den Lebensraum raubte.

Richie näherte sich einem der dornigen Sträucher mit dem naiven Selbstvertrauen eines Jungen, dessen Wissen über Brombeeren sich auf das Etikett eines Marmeladenglases beschränkte.

»Okay, oben muss ein bisschen runter«, sagte er und schwenkte die Machete lässig über den Strauch.

ZACK!

Ein abgeschnittener Brombeerzweig fiel zu Boden. Der Strauch erbebte bis hinab in die Wurzeln, die direkt unter Richies Füßen lagen. Der Boden vibrierte. Richie blickte sich um und dachte, dass vielleicht ein schwerer Laster vorbeigedonnert wäre. Er zuckte mit den Schultern und schwenkte die Machete erneut über den Strauch. Diesmal wichen die Zweige der Klinge aus.

»He!«, sagte Richie und fragte sich, ob der Wind sie zur Seite geblasen hatte, aber es regte sich kein Lüftchen. Er hieb erneut auf den Brombeerstrauch ein, und wieder verfehlte er die Zweige. Plötzlich ballten sie sich zu einem Bündel zusammen und schlugen zurück. Richie riss gerade noch rechtzeitig den Schild hoch.

DONG!

Das Zweigbündel prallte gegen das Metall und hinterließ tiefe Schrammen auf der Oberfläche. Richie machte große Augen. Die Dornen hatten den massiven Stahl zerkratzt! Einen Moment lang fragte er sich, was sie wohl in seinem Gesicht angerichtet hätten, wenn er nicht so schnell reagiert hätte. Während er dastand, schnellte ein Trieb heraus und schlang sich um seinen Fußknöchel.

»Aua, du teuflisches Ding!«, brüllte er, als die Dornen sich wie Bienenstacheln durch seine Socke bohrten.

Er ließ die Machete herabsausen und schlug den Zweig entzwei, so dass die Klinge im Erdreich stecken blieb. Er packte den Trieb, um ihn vom Knöchel abzureißen, und piekste sich sofort ein Dutzend Dornen in die Handfläche, was eine neue Runde selbst erdachter Verwünschungen nach sich zog.

Richie schwang die Machete hin und her, um sich die anderen Zweige vom Leib zu halten, während er den winzigen Trieb aus seiner blutigen Socke herausklaubte. Die Zweige wanden sich wie eine Horde wild gewordener Schlangen und schwangen beiseite, wann immer die Klinge ihnen zu nah kam; doch sobald sich in seiner Deckung eine Lücke auftat, schnellten sie vorwärts und versuchten ihn zu treffen.

Als Richie sich unter Schmerzen den Dornentrieb aus dem Fußknöchel gezogen hatte, wirbelte er herum, hieb wütend auf die angriffslustige Pflanze ein und hielt gleichzeitig den Schild nach unten, um seine Beine zu schützen. Zweimal durchbrach der Strauch seine Deckung und traf ihn am Arm und an der Wange, aber Richie konterte jedes Mal mit einem flinken Machetenhieb, so dass die Zweige wie vom Blitz getroffen ins Gras fielen und sich im Todeskampf wanden.

Schließlich erstarrte der Brombeerstrauch, und Richie reckte siegreich Waffe und Schild in die Höhe. Die Arbeit war erledigt. Er brauchte den Strauch nicht mehr zu beschneiden – er zog sich von selbst zurück.

»Ja, verzieh dich bloß«, rief er ihm nach, dann machte er kehrt und hielt sich für einen geschickten Gärtner und Schwertkämpfer. Was er nicht bemerkte, waren die zahllosen Brombeerzweige, die im Boden verschwanden und in Mr. Neebors angrenzenden Garten hinüberkrochen.

5. *Kapitel*

Neueste Nachrichten

Sandy ging auf das wuchtige alte Fachwerkhaus zu. Sie hatte den selbstbewussten Gang eines Mädchens, das im Zeugnis nur Einsen hatte oder dessen Auto wie immer frisch geputzt und gesaugt war; aber vor allem war es der beschwingte Gang eines Mädchens, das, wirklich und wahrhaftig, einen festen Freund hatte, was für Sandy eine ganz neue Erfahrung war.

Sie trug Stiefel mit Absätzen und eine Jeans mit Schlag, ganz schön flippig für ihre Verhältnisse, aber *das ist mir schnurz,* dachte sie. Neuerdings war ihr ziemlich oft danach zumute, ruhig mal über die Stränge zu schlagen.

»Hallo, Tür«, rief sie, als sie Nates Veranda betrat. Die Tür aus vier massiven Holzpaneelen schwang nach innen auf.

Sandy trat in die Eingangshalle und schaute sich zufrieden um. Einen Ort zum Abhängen zu haben war einer der Vorteile, wenn man einen festen Freund hatte, selbst wenn ihr das Haus ein bisschen unheimlich war und sie darin schon fast umgekommen wäre. Sie zog es vor, es als interessant zu bezeichnen. Und weil Nate keine Eltern mehr hatte, schien es zur Hälfte praktisch ihr zu gehören.

Beim Weitergehen bemerkte sie eine leichte Beule in dem indischen Teppich. Obwohl sie inzwischen ungefähr doppelt so cool war wie noch vor einem Monat, erwachte ihr Instinkt, und ihre pingelige Seite kam zum Vorschein. Niemand beobachtete sie, deshalb kniete sie sich hin, um die Teppichkante glatt zu streichen. Selbst in einem Haus voller Chaos konnte sie so eine Nachlässigkeit nicht durchgehen lassen.

Die haarige Pranke des TIERS schnellte unter dem Teppich hervor und packte ihren Fußknöchel. Sandy schrie auf und trat so kräftig sie konnte zu. Der Teppich wogte zurück, und ihr Fußtritt schleuderte die Pranke in die Luft.

Ungläubig starrte sie ihr nach. Der Pranke folgte kein Körper. Pernikus nahm wieder seine wahre Gestalt an, während er im hohen Bogen durch den Raum segelte und kicherte wie ein stotternder Teekessel.

»Hi-hi-hi-hi-hi!«

»Pernikus!«, schimpfte sie. Der kleine Hauskobold hatte die Prankenform des TIERS nachgeahmt und sich mit dem Teppich verschworen, um ihr einen Schreck einzujagen, und es hatte hervorragend funktioniert. Das Herz schlug ihr bis zum Hals.

Wie als Antwort auf ihren Schrei stürmte der kraftstrotzende Dämon Nikolai in den Raum und packte Pernikus am Fuß, als der kleine Kobold an ihm vorbeiflog.

Die beiden stürzten zu Boden und begannen miteinander zu ringen. Pernikus wandelte wie von Sinnen seine Gestalt, aber der muskelbepackte Nik presste die sich windende kleine Nervensäge kurzerhand in den Holzfußboden, wo sie fürs Erste kein weiteres Unheil anrichten konnte.

»Dank dir, Nik«, sagte Sandy. »Du bist ein Schatz.« Sie gab dem bulligen Wicht einen Kuss auf die Stirn, und der kleine Kerl grinste. »Und, ist mein Freund zu Hause?«, fragte sie und warf ihr Haar zur Seite.

Als kurz darauf Nate ins Arbeitszimmer kam, saß Sandy auf der Couch, umringt von einer Menagerie von Dämonen, die um sie herumtrippelten und sie umschwirrten wie die schnatternde Tierwelt in einem tropischen Vogelhaus. Es überraschte ihn, sie im Haus zu sehen. Es überraschte ihn, *überhaupt jemanden* im Haus anzutreffen.

»Hi, mein gutaussehender Verehrer«, sagte Sandy und legte lächelnd die Füße hoch.

»Was?«, fragte Nate irritiert.

»Entschuldigung«, sagte Sandy rasch. »War das zu kitschig?«

»Ich dachte, ich hätte einen Schrei gehört«, sagte Nate.

Sandy wandte sich zu Nik um. »Hast du etwas gehört?«

Der kleine Muskelmann schüttelte den Kopf.

»Hat dich die Haustür reingelassen?«, wollte Nate wissen.

»Ja. Anscheinend findet sie mich nett«, erwiderte Sandy.

»Nicht mal mich lässt sie jedes Mal rein«, sagte er.

Sandy sah ihn kokett an. »Vielleicht mag sie mich ja lieber.«

Nate war nicht sicher, was er darauf antworten sollte. Eigentlich sollte die Tür niemanden hereinlassen. Die Dämonen tobten frei im Haus herum. Sie machten sich nicht die Mühe, ihre Gestalt zu verschleiern, so wie sie es draußen taten. Jeder, der ins Haus kam, konnte sie sehen und würde anderen davon erzählen. Nate wusste nur zu gut, was mit Dämonenhütern geschah, die von gewöhnlichen Menschen entdeckt wurden. Die Geschichte hatte es nicht gut mit ihnen gemeint. Einige waren ins Gefängnis gekommen. Andere waren auf dem Scheiterhaufen gelandet. Im besten Fall hatte man sie als wahnsinnig erachtet und von den Dämonen fortgezerrt, die zu beschützen sie geschworen hatten. Und deshalb sollte die Tür niemanden ins Haus lassen. Andererseits hatte er noch nie eine Freundin gehabt, deshalb war er nicht sicher, ob Sandy nicht vielleicht eine wünschenswerte Ausnahme war.

»Und, was gibt's Neues?«, fragte Nate und versuchte sich von dem Gedanken zu erholen, dass man so leicht in seine Festung eindringen konnte.

Sandy richtete sich auf, ihre Augen blitzten. »Hast du die Nachrichten über den Troll noch gar nicht gehört? Das Internet ist voll davon!«

»Im Haus gibt es kein Internet«, sagte Nate.

Sandy lachte. »Das ist ja ein Witz.« Sie öffnete den Rucksack und zog ihren Laptop heraus.

»Wofür ist das denn?«, fragte Nate.

»Für die Nachrichten, du Dummerchen. Ich suche einfach eine drahtlose Netzwerkverbindung in der Nähe. Irgendeine wird es in der Gegend schon geben. Schließlich sind wir in Seattle.« Sandy tippte ein bisschen herum und hatte kurz darauf mehrere Nachrichtenseiten aufgerufen.

Nate blickte sich nervös um. »Das würde ich hier drin nicht tun …«

Unbemerkt sprang hinter ihnen ein kleiner Funke von einer Teppichfaser zur anderen über und hielt direkt auf Sandy zu.

»Sieh dir das an«, sagte sie, »es steht auf allen Titelseiten.«

Im letzten Moment erblickte Nate den dämonischen Funken. »Sparky, nicht!«, rief er.

Sparky überwand das letzte Stück, indem er auf Sandys Socke sprang, ihr Hosenbein hinaufflitzte und durch ihre feinen Unterarmhärchen sauste, während er auf ihren Computer zuschnellte.

ZAPPP!

Sandys Laptop blinkte einmal, dann ging er aus. Sandy stöhnte auf.

»Ich habe dich gewarnt«, sagte Nate. »Das ist kein gutes Haus für Computer. Diese Geräte sind sehr anfällig für Chaos.«

»Zumindest habe ich die Meldung gelesen, bevor dein kleiner Freund meinen Computer abstürzen ließ«, entgegnete Sandy. Sie klappte den Laptop zu.

»Und…?«, wollte Nate wissen.

»Die Polizei kann den Fremont Troll nirgends finden«, verkündete sie.

»Der steht doch unter dieser Brücke an der Aurora Avenue«, sagte Nate.

»Jetzt nicht mehr.« Sandys Augen blitzten wieder aufgeregt. »Er ist weg. Zwei Tonnen Zement, Drahtgeflecht und Stahlrohr, spurlos verschwunden. Übrig ist nichts außer aufgebrochenem Beton und einem Loch im Boden, wo der Troll unterm Highway 99 kauerte. Die Polizei hält es für einen Streich. Sie hat eine Belohnung für denjenigen ausgesetzt, der die Skulptur findet. Zehntausend Dollar. Dem Finder würden keine Fragen gestellt werden.«

In dem Moment kam Richie herein. Seine zerrissenen Socken waren blutdurchtränkt, und er hatte rote Schrammen im Gesicht und an den Armen. »Zehn Riesen?«, staunte er. »Wow!«

Sandy starrte ihn an. »Was ist denn mit dir passiert?«

»Brombeeren«, sagte er. »Lange Geschichte. Frag nicht.«

Nate blickte ins Leere und dachte an die Nachricht über den Troll.

»Was überlegst du?«, fragte Sandy, während sie Richie ein Tuch um den blutigen Fußknöchel band.

»Das war kein Streich«, erklärte Nate. »Der Troll ist ein Dämon.«

»Cool«, sagte Richie.

»Aber es ergibt keinen Sinn«, fuhr Nate fort. »Der Troll ist seit jeher eine schlafende Wesenheit. Sein einziger chaotischer Aspekt liegt darin, die Leute mit seinem furchterregenden Blick nervös zu machen.«

»Der Troll ist ein 1990 aus urbanen Industriematerialien geschaffenes Kunstwerk«, ratterte Sandy die Geschichte der Figur herunter, wie aus einem Lexikon abgelesen.

»Warum passiert das gerade jetzt?« Nate begann, auf und ab zu gehen. »Was könnte eine dämonische, fünf Meter hohe Betonfigur dazu bringen, plötzlich wegzurennen?«

»Wir fangen das Ding wieder ein, stimmt's?«, sagte Richie beflissen.

»Vielleicht«, murmelte Nate.

»Und kassieren den Finderlohn...« Richie wackelte mit den Augenbrauen.

Nate sah ihn funkelnd an. »Wir sind eine gemeinnützige Organisation. Und wir fangen Dämonen in der freien Wildbahn nur dann ein, wenn sie dem Profil eines ›Plagedämons‹ entsprechen. Ihre Existenz muss wechselseitig inkompatibel mit der der Menschen sein.«

Sandy lächelte. »Okay, dann fassen wir mal zusammen, was wir bisher wissen: Es gibt einen flüchtigen, zwei Tonnen schweren Zementdämon, der sich im Herzen einer Millionenstadt herumtreibt.«

»Klingt das nicht nach einer Plage?« Richie grinste.

»Okay, okay. Ich setze es auf meine Liste der Dinge,

die erledigt werden müssen«, sagte Nate kopfschüttelnd. Er war immer noch verärgert, weil er die Dämonen nicht wieder hatte einfangen können, die während des Kampfes mit dem Dürren Mann und dem TIER geflüchtet waren.

Der Dürre Mann hatte drei persönliche Gehilfen gehabt – Glump, Zunder und Kail. Glump, die Elastische Zusammenballung, war in jener Nacht bei einer verhängnisvollen Begegnung mit einem Ventilator püriert worden. Aber Zunder und Kail hatten überlebt und waren entkommen. Der Feuerdämon hatte sich vor Pernikus' Sprühflasche gerettet, indem er tief in die Holzdielen eingedrungen war und sich zentimeterweise zur Haustür vorangearbeitet hatte. An der Schwelle hatte er so lange vor sich hingeglommen, bis irgendwann die Tür aufging und er hinausschlüpfen konnte. In der ganzen Aufregung jener wilden Nacht hatte Nate seine Flucht gar nicht bemerkt.

Zu einem bloßen Glimmen verkümmert, hatte Zunder sich auf die Holzveranda hinausgestohlen und tagelang gewartet, bis das Gras getrocknet war. Anschließend hatte er im Nachbarhaus Zuflucht genommen und erst einmal Mr. Neebors Zeitung verschlungen, um wieder zu Kräften zu kommen. Schließlich war er von einem entflammbaren Gegenstand zum nächsten gesprungen und hatte sich einen Weg vom Queen Anne Hill hinab gebahnt. Er hatte eine alte Mülltonne entdeckt, ein Autowrack abgefackelt, sich von einem kreischenden Passanten ein Stück an dessen Mantelsaum mitnehmen lassen und sich schließlich durch die Holzschwellen der Eisenbahnstrecke gebrannt, die bis zum Ufer des Puget-Sund führte.

Der zähe Bursche war an den Docks von Seattle entlanggekrochen – wegen der Wassernähe ein gefährlicher Ort für einen kleinen Feuerherd – und hatte sich ein sicheres Versteck gesucht, wo er in Ruhe wachsen konnte.

Nate hatte das Feuer bis zum Hafen verfolgt, es dort aber aus den Augen verloren. Von Kail, dem heimtückischen Spalterdämon, der alles auseinanderriss, was er berührte, hatte er noch keine Spur gefunden. Die beiden zerstörerischen Dämonen trieben sich irgendwo frei in der Stadt herum, und es war seine Aufgabe, sie einzufangen, bevor sie ernsthaften Schaden anrichten konnten. Nate atmete tief durch. Und jetzt musste er sich auch noch mit einem flüchtigen Troll befassen.

6. *Kapitel*

Spurensuche

Kurz vor der Brücke an der Aurora Avenue fuhr Sandy rechts an den Bordstein. Autos säumten die Straße, deshalb musste sie sich in eine enge Parklücke zwängen. Das Unterfangen dauerte mehrere Minuten und hinterließ einige geringfügige Dellen in den Stoßstangen der beiden Fahrzeuge vor und hinter ihr.

Nate versuchte ihr zu helfen. »Vorwärts, okay, jetzt zurück, zurück, zurück …«

RUMMS!

»Stopp«, sagte Richie grinsend.

Als der Wagen schließlich – mehr schlecht als recht – eingeparkt war, stiegen sie aus und begaben sich unter die Brücke.

Es sah schlimmer aus als auf den Fotos. Das Loch, wo die untere Körperhälfte des Trolls scheinbar im Boden gesteckt hatte, erinnerte an einen Bombenkrater. Überall lagen Betonbrocken herum. Heerscharen von Leuten liefen umher und machten Fotos, hoben Zementstücke als Souvenir auf und rätselten über das Verschwinden der Skulptur.

Nate schlenderte möglichst unauffällig zum Rand des Lochs. Ein gelbes Absperrband warnte die Schaulustigen vor der Grube, die sich unversehens im Boden auftat. Richie trat hinter Nate heran und blickte hinab.

»Hallo, hallo!«, rief er und lauschte auf das Echo.

»Erreg bitte kein Aufsehen«, flüsterte Nate ihm aus dem Mundwinkel zu.

»Wo könnte der Klotz sich bloß verstecken?«, fragte Richie. »Er is so groß wie ein Nashorn, das auf einem Elefanten reitet.«

»Keine Ahnung«, sagte Nate.

Richie wandte sich an Sandy. »Du bist doch die Schlaue hier. Hast du schon eine Theorie?«

»Ich arbeite dran«, antwortete Sandy knapp.

Da bemerkte Nate einen Mann in einem schlecht sitzenden Anzug, der in ihre Richtung blickte. »Los, lass uns gehen«, drängte Nate. Er versuchte Richie fortzuziehen, aber es war schon zu spät.

Der Mann im Anzug stocherte im Schutt herum und machte sich Notizen, aber als er die Jugendlichen bemerkte, schnüffelte er in die Luft und ging ihnen eilig entgegen. Es war der unförmigste Mensch, den Nate je gesehen hatte. Keine Hüften, keine Schultern, nur ein röhrenförmiger Oberkörper mit unnatürlich rundem Kopf darauf und stocksteifen Armen und Beinen. Seine Bewegungen waren seltsam ruckartig und hektisch.

»Hallo, ich bin Mr. Calamitous. Und wer seid ihr? Ich bin Reporter und gleichzeitig Forscher und untersuche dieses eigenartige Phänomen. Ich bin sehr gespannt. Es ist unglaublich, findet ihr nicht? Darf ich euch ein paar Fragen stellen?«

Er sprach so schnell, dass man gar nicht wusste, welche Frage er eigentlich beantwortet haben wollte.

»Es soll ein Streich gewesen sein, habe ich gehört«, murmelte Nate.

Calamitous lachte. »O nein. Das war kein Streich. Ganz und gar nicht.«

Er ließ etwas von dem zerbröckelten Beton durch die Finger rieseln – zwei Finger schienen ihm zu fehlen, aber seine Hand zuckte so schnell hin und her, dass Nate es nicht genau erkennen konnte.

Calamitous beschnüffelte den Zement. »Irgendetwas ist hier geschehen. Etwas Sonderbares. Etwas … Chaotisches.«

»Wahrscheinlich waren es Uni-Studenten«, sagte Nate. »Die sind ziemlich verrückt.«

»Sagt mal«, plapperte Calamitous weiter, »wohnt ihr in der Gegend?«

»Ja«, antwortete Richie.

»Nein«, sagte Nate gleichzeitig.

»Du wohnst in der Gegend und du nicht?« Calamitous sah abwechselnd Nate und Richie an. »Hi-hi-hi«, kicherte er kopfschüttelnd. »Woher kennt ihr euch denn? Wo liegt die Verbindung? In welcher Beziehung steht ihr zueinander?«

»Eigentlich –«, setzte Nate an.

»Er ist mein Entzugshelfer«, fiel Richie ihm ins Wort. »Ich bin süchtig nach Videospielen.«

»Hmmm.« Calamitous legte einen seiner nervösen Finger ans Kinn. »Und das Weibchen?«

»Das *was*?«, fragte Sandy empört.

»Wer ist sie? Woher stammt sie? Wohnt sie auch in dieser Gegend? Welche Rolle spielt sie bei diesem übernatürlichen Ereignis?«

Nate wand sich innerlich. »Wer sagt denn, dass es ein übernatürliches Ereignis war?«

»Kann einer von euch *spüren*, was hier geschehen ist?«, redete Calamitous weiter auf sie ein, während er sich Notizen machte.

»Ich glaub, ich hab ein Stechen gespürt«, gab Richie zum Besten.

»Wenn Sie uns jetzt bitte entschuldigen würden«, sagte Nate und packte Richie am Kragen.

»O nein. Ihr seid noch nicht entschuldigt«, sagte Calamitous, während ihm vor Aufregung der Speichel aus dem Mundwinkel troff. »Ich habe eine heiße Spur. Und die scheint irgendwie direkt zu euch zu führen.« Plötzlich hielt er inne, schnüffelte in die Luft und stakste eilig davon.

In dem Moment kam ein VW-Käfer vorgefahren. Er war pinkfarben und mit bunten Blumen bemalt. Das kleine Auto zog einen riesigen Wohnwagen, dessen Seiten gleichermaßen farbenfroh angepinselt waren. Ein anderes Auto brauste davon und hinterließ eine Parklücke, die groß genug war, um Wagen und Anhänger problemlos aufzunehmen.

Nate zog Richie beiseite.

»Was is dein Problem?«, fragte Richie. »Der Kerl stellt doch bloß ein paar Nachforschungen an.«

»Ja. Über uns«, schimpfte Nate. »Er ist neugierig. Er schnüffelt herum. Und wir sollten uns harmlos verhalten.«

»Wenn ich wüsste, was das bedeutet, würde ich versuchen, es zu tun«, erwiderte Richie.

»Es bedeutet, dass du die Klappe halten sollst«, sagte Nate. »Und erzähl nicht jedem, wo du wohnst.« Dann erstarrte er und blickte an Richie vorbei zu dem Käfer hinüber.

Ein etwa achtzehnjähriges Mädchen stieg aus. Die junge Frau trug ein wallendes Batikkleid, dessen Farben bei jeder Bewegung zu zerlaufen schienen. Ihre Birkenstock-Sandalen waren so ausgetreten, dass sie ihr auf die feingliedrigen Füße modelliert zu sein schienen. Sie hatte lange kastanienbraune Locken, die ihr wild, aber auf höchst attraktive Weise vom Kopf abstanden. Und im gepiercten Nasenflügel glitzerte ein Smaragd. Nun schloss sie die Augen, wie um die Aura des Ortes in sich aufzunehmen.

Nate starrte das Mädchen an.

Sandy musterte Nate. Ihre Augenbrauen zuckten nervös. »Wohin guckst du?«, fragte sie, obwohl ganz offenkundig war, wem sein Blick galt.

Die Fremde schüttelte ihren wilden Haarschopf, ging an den Leuten vorbei und trat geradewegs auf Nate zu.

»Ich bin Lilli«, sagte sie, »aus San Francisco. Hat hier der Troll gestanden?« Sie schloss erneut die Augen. »Ah, ja. Ich spüre seine Schwingungen. Ich glaube, er ist noch in der Nähe.«

»Wow«, staunte Nate.

»Welch eine Erkenntnis«, meldete sich Sandy zu Wort. »Er hätte ja wohl nicht weit kommen können, ohne dass ihn jemand sieht.«

»Du würdest staunen, wenn du wüsstest, was die Leute alles übersehen«, sagte Lilli humorvoll und zugleich geringschätzig.

»Wohl wahr«, sagte Nate.

Sandy verschlug es die Sprache. Sie kochte vor Wut.

»Ich schaue mir mal an, wo der Troll gestanden hat«, sagte Lilli lächelnd zu Nate und machte sich auf den Weg unter die Brücke.

Nate sah zu, wie ihr Hüftschwung die Farben des Kleides in rhythmischen Wellen auf und ab wogen ließ.

»Nate...«, sagte Sandy. »Nate!«

»Ich hör dir zu.«

»Nein, tust du nicht«, entgegnete Sandy. »Wenn du bitte mal kurz den Blick von der Hippie-Tussi losreißen könntest.«

»Okay. Was ist denn?«

»Die Polizei denkt, die Diebe hätten die Figur mit einem Laster fortgeschafft«, sagte Sandy. »Ich glaube das nicht, du etwa?«

»Nein. Sie ist von selbst weggelaufen. Ganz sicher.«

»Das Ding wiegt mehrere Tonnen. Wenn es auf einer

der beiden Straßenseiten durchs Gras marschiert wäre, hätte es Fußabdrücke hinterlassen.«

»Okay…«

»Also muss der Troll die Straße mitten auf der Fahrbahn hinuntergelaufen sein. Und es gibt nur einen logischen Ort, wo sich etwas so Großes verstecken könnte.« Sandy wandte sich um und deutete auf das Ende der Straße, das unweit der Brücke lag. Unmittelbar dahinter war das Ufer des Lake Union, der sich am Rand der Innenstadt von Seattle befand.

7. Kapitel

Dämonenangriff

Bestürzt sank Mr. Neebor in seinem Garten auf die Knie. Seine preisgekrönten Tulpen waren zu gelben und roten Farbklecksen zerschmolzen, die aussahen wie angetrocknete Kerzenwachslachen. Ein Durchschnittsbürger hätte geglaubt, die Blumen wären mit giftigen Chemikalien in Berührung gekommen, aber Neebor wusste es besser. Grimmig betrachtete er das düster aufragende Nachbarhaus. Er konnte und wollte sich nicht vorstellen, wie es vor sich gegangen war, aber irgendwie hatten das Haus und die bizarren Dinge, die sich darin zutrugen, seine geliebten Blumen in wertlose Schmiere verwandelt.

Während Neebor noch hinüberstarrte, hörte er hinter sich ein Geräusch.

Raschel-raschel.

Er fuhr herum. »Wer ist da?«

Diesmal kam das Geräusch aus der entgegengesetzten Richtung.

Raschel-raschel.

Mit einer Handschaufel bewaffnet, begann Neebor durch den Garten zu kriechen, denn er fragte sich, ob er womöglich den Missetäter erwischen würde, der seine Tulpen auf dem Gewissen hatte.

Auf einmal brach hinter seinem prämierten Erdbeerbeet geräuschvoll der Boden auf. Neebor fuhr mit hocherhobener Schaufel herum. Es bewegte sich nichts, aber er erspähte einen dünnen Trieb in der Erde, der sich zwischen die rubinroten Erdbeeren geschoben hatte.

»Brombeeren«, schnaubte er.

Wenn er nicht sofort etwas unternahm, würde es bald einen Beerenkrieg geben, sagte er sich, und es stand außer Frage, wer diesen verlieren würde. Er stieß die Schaufel in die Erde und durchtrennte den Brombeerzweig an der Wurzel.

»Ha!«, lachte er.

Als Neebor sich abwandte, zog sich der Trieb mit letzter Kraft in die Erde zurück und sandte seinen Kollegen ein Signal seines Ablebens. Stirnrunzelnd schaute Neebor über die Schulter. Weitere Brombeerzweige waren aus dem Boden geschossen – dicke, sehnige Triebe voller Dornen, die sich zwischen seine Hortensien und den Spanischen Flieder wühlten. Warum hatte er die gerade übersehen?, fragte er sich.

Er legte sich auf den Bauch und drehte sich im Kreis, blickte prüfend auf die verschiedenen Beete. Nach jeder Drehung schienen die Brombeeren einen neuen Gartenbereich infiltriert zu haben. Sie kamen immer näher.

Man sah sie nie in Bewegung, aber irgendwie war es ihnen gelungen, ihn einzukreisen.

Richie quasselte von dem neuen Mädchen, während die drei zu Nates Haus zurückfuhren. »Diese Lilli is voll auf'm Hippie-Trip. Habt ihr das bunte Blumenauto gesehen?«

»Ist wahrscheinlich cool«, seufzte Sandy und bog in Nates Straße ein. »Wenn man auf so etwas steht.« Sie warf ihrem Freund einen Seitenblick zu.

»Ja«, sagte Nate so unverfänglich wie möglich.

Sandy rümpfte die Nase. »Was soll das heißen, ›ja‹? Ja, es *ist* cool und du *stehst drauf*? Oder ja, es ist nur cool, *falls* man solche Dinge mag, was bei dir nicht der Fall ist?«

»Häh?«, fragte Nate.

»Ich meine, es ist doch bloß ein Klamottenstil … und ein klappriger Käfer, den sie bunt angemalt hat, damit er ›hip‹ aussieht, Herrgott noch mal«, schimpfte Sandy.

»Sie hat den Troll gespürt«, sagte Nate. »Hat seine Schwingungen wahrgenommen.«

»Behauptet sie.«

»He, meint ihr, sie is 'ne Zigeuner-Wahrsagerin oder so was?«, sagte Richie.

»Hört mal«, ignorierte ihn Sandy, »wir wissen, dass der Troll nicht weit gekommen wäre, ohne dass man ihn gesehen hätte. Folglich muss er sich im See versteckt haben. Ist doch kein großes Rätsel. Was meinst du, Nate?«

»Ja«, antwortete Nate, während er aus dem Fenster blickte. »Lilli hat gesagt, der Troll sei ganz in der Nähe.«

»Ich habe dich nach *deiner* Meinung gefragt«, hakte Sandy nach.

»Ich glaube, ich denke das Gleiche wie sie.«

Sandy fuhr abrupt an die Seite, der Reifen rollte über den Bordstein.

»Steigen wir hier aus?«, fragte Richie.

Als Sandy kurz darauf davonbrauste, standen Nate und sein Lehrling auf der Straße. Nate nahm ihr die Erklärung nicht ganz ab, dass sie zu spät nach Hause käme, wenn die beiden nicht zwei Blocks früher ausstiegen. Das letzte Stück gingen sie zu Fuß.

Als sie auf das Haus zutrotteten, blieb Nate plötzlich stehen. Er hockte sich hin. »Sieh dir das an.« Ein feiner Riss durchzog den Beton.

»Ein Riss im Bürgersteig«, sagte Richie. »Na und?«

Nate deutete in die Richtung, aus der der Riss kam. Richies Blick folgte dem Finger über den Bürgersteig und den Gehweg bis zum Haus seines Mentors. Dort führte der Riss um das Gebäude herum in den Garten. Er hatte ihn bisher gar nicht bemerkt.

»Spürst du etwas?«, fragte Nate.

»Ja.« Richie nickte, wandte sich um und folgte dem Riss im Laufschritt in die andere Richtung. Nate lief neben ihm her. Der Spalt wand sich mehr als eine halbe Meile den Hügel hinab, machte Schlenker durch Einfahrten, Holzzäune und Zementwände, während er alles, was ihm im Weg stand, entzweibrach.

»Das ist die Art von Riss, die Kail hinterlässt«, erklärte Nate. »Er ist der Spalterdämon und war der zweite Gehilfe des Dürren Mannes. Er ist so etwas wie ein Parasit – er dringt in leblose Objekte ein und reißt sie auseinander. In der Nacht, als wir gegen den Dürren Mann gekämpft haben, hat Nikolai die Holzdiele herausgerissen, in der Kail steckte, damit der Dämon nicht auf einen anderen Gegenstand überspringen konnte, dann hat Nik die Diele in den Gartenteich geschleudert. Aus Wasser kann Kail sich nicht befreien, denn in Flüssigkeiten ist er bewegungsunfähig. Die Diele muss an etwas Festes gestoßen sein, so dass Kail darauf überspringen und es auseinanderreißen konnte.«

»Zum Beispiel an die Betonwand eines künstlich angelegten Gartenteichs.«

»Genau«, sagte Nate. »Du lernst dazu.«

»Er wird immer größer.« Richie deutete auf den sich verbreiternden Spalt in der Straße.

»Er ernährt sich und wächst«, erklärte Nate.

Die Jungen folgten dem Riss noch mehrere Straßenblocks weit, bis sie einen asphaltierten, vollständig aufgesprungenen Fußweg erreichten. Der Weg mündete in einen Platz mit einer Pferdestatue, die in der Mitte auseinandergebrochen war. Die vordere Hälfte sah aus wie ein zweibeiniges, aufrecht stehendes Tier, die hintere wie eine obszöne Witzfigur, die sich dem vorbeirauschenden Verkehr entgegenneigte.

Die Jungen bogen um die Ecke.

»O mein Gott!«, keuchte Nate.

»Ja, das is nich gut«, sagte Richie.

Zwei Häuser lehnten in merkwürdigem Winkel aneinander, ihre Fundamente waren zertrümmert. Sie standen schief am Rand einer Senkgrube von der Größe eines Swimmingpools, die sich in der Mercer Street zwischen Nates Wohngegend und dem Stadtzentrum auftat. Ein drittes Haus war vollständig eingestürzt. Zerborstenes Glas, verbeulte Möbel und zerbrochene Regalbretter lagen auf der Straße verstreut. Eine Gruppe von Arbeitern lud Schutt auf einen Laster, während ein Mann, eine Frau und drei Kinder vom Nachbargarten aus zusahen, wie die Überreste ihres Hauses fortgekarrt wurden.

»Kail ist in der Grube verschwunden«, sagte Nate mit einem schuldbewussten Seufzer. »Ich habe ihn entkommen lassen, und jetzt ist er stark genug, um Häuser einzureißen.«

»Fangen wir ihn ein«, sagte Richie. »Komm, ich warte schon seit Wochen auf ein bisschen Action.«

»Das können wir nicht. Er steckt unter der Erde. Dorthin können wir ihm nicht folgen.«

»Wenigstens wissen wir jetzt, wo er is«, sagte Richie.

»Ja«, murmelte Nate düster, »irgendwo im Zentrum unter den Wolkenkratzern.« Er wandte sich um und machte sich auf den Heimweg. »Eins nach dem anderen«, sagte er. »Zuerst müssen wir den Troll finden.«

8. Kapitel

Lillis Wohnwagen

Der Lake Union lag am nördlichen Rand des Stadtzentrums von Seattle. Dutzende von gut besuchten Restaurants und Läden säumten das Südufer, viele Terrassen zogen sich bis aufs Wasser hinaus. *Kein guter Ort für einen davongelaufenen Troll,* dachte Lilli, während sie vom Gas Works Park am gegenüberliegenden Nordufer auf den See blickte.

Der Gas Works Park war eine fünfzig Hektar große Halbinsel, die weit in das Gewässer hineinragte. Die Stadt Seattle hatte das Grundstück 1962 erworben und in eine öffentliche, für jedermann zugängliche Parkanlage umgewandelt, aber es hatte eine Bedingung gegeben: Das stillgelegte Gaswerk durfte nicht abgerissen werden. Die maroden, fünfzehn Meter hohen Gas-Silos erhoben sich über den Rasenflächen wie mürrische, finster dreinblickende Riesen. Lilli fand sie toll. Sie wirkten wunderbar deplatziert in dem fröhlichen Grün des Parks, ein industrieller Kontrast zur frischen Luft und der Weitläufigkeit des Geländes. Dass man die Silos erhalten hatte, gefiel ihr.

Lilli beobachtete das Wasser. Die willkürlichen Zusammenstöße der Wellen ließen den See funkeln wie einen Weihnachtsbaum. Alles war fortwährend im Wandel, herrlich chaotisch, aber inzwischen starrte sie seit einer Stunde auf das Wasser und hatte keinen Hinweis auf den Troll entdeckt. Sie trat aus dem Schatten des vor sich hin rostenden Werksgebäudes. Es besaß eine ganz eigene Schönheit, zum Beispiel in der Art, wie die Verwitterung den Anstrich durchsetzte und dadurch ganz neue Farbtöne erschuf. Aus einem anderen Blickwinkel betrachtet, hätte man sagen können, dass der Rost das stillgelegte Gaswerk bei lebendigem Leib auffraß, aber Lilli sah das Ganze mit den Augen einer Künstlerin.

Sie ging den Weg hinauf zum Wohnwagen. Eigentlich war das Gefährt ja ein umgebauter Tourbus, den die gescheiterte Sechzigerjahre-Folk-Band Groove-a-Thon ausrangiert hatte. Er fuhr nicht mehr. Deshalb wurde er von dem kleinen geblümten VW-Käfer gezogen, was physikalisch zwar unmöglich war, aber trotzdem irgendwie funktionierte. Die Außenwände waren mit kunterbunten Bildern bemalt, die Fenster in schillernden Grün- und Orangetönen überpinselt.

Lilli schaute sich prüfend um, dann schob sie die zweiteilige Falttür auf und kletterte in den Bus.

Der langgezogene Eingangsbereich mündete in ein großes Wohnzimmer. Die Schlafzimmertür lag links, und durch einen Türbogen blickte man in die Küche. Dass die Räume so groß und die Gänge so lang waren, war physikalisch natürlich genauso unmöglich wie der Umstand, dass das kleine Auto den schweren Bus zog, und doch war es so. Von außen war Lillis Wohnwagen nur ein unbewegliches Fahrzeug. Drinnen aber war er so geräumig wie ein kleines Haus.

Lillis Blick wanderte über die psychedelische Wohnzimmerlandschaft. Lebendige Farben zogen über die Wände, dann lösten sie sich von ihnen ab und schwebten leuchtend durch den Raum. Sie glitten zu ihr heran, umflossen verspielt ihre Füße und schmiegten sich um ihre Knöchel wie verschmuste Katzen. Auf dem Boden schwammen formlose Farb- und Tongebilde wie ein zum Leben erwachter Teppich.

Lilli schwenkte die Hand durch die Luft, und wo immer sie hindeutete, veränderten sich die Farbsphären. Es gab hunderte dieser knallbunten Wesen, in sämtlichen Größen, Formen und Klangstufen, alle eingesammelt in Gebäuden und auf U-Bahnhöfen sowie an zahllosen anderen Orten, wo in der Stadt willkürliche chaotische Schönheit aufgetaucht war, die jedoch alsbald wieder verschwunden wäre, wenn Lilli sie nicht aufgelesen und nach Hause mitgenommen hätte.

Um sie her erstrahlte ihre eigene purpurne Aura, als sie sich schließlich, erschöpft von den Ereignissen des Tages, rücklings in eine Hängematte fallen ließ, die einer ihrer Lieblinge blitzschnell bildete.

Auf der anderen Seite des Raums erschien in einer

dunklen Ecke ein schattenhafter Punkt, ein schwarzes Nichts inmitten der wirbelnden Farben. Die Dunkelheit breitete sich aus wie ein Tintenfleck auf einem Bild, wurde größer und größer, bis sie schließlich die sie umgebenden Farben überdeckte.

Lilli drehte sich in der Hängematte zur Seite, um einen besseren Blick auf die seltsamen Gebilde zu haben, die ihren Wohnwagen erfüllten.

Im Zentrum der Schwärze öffneten sich zwei runde weiße Augen. Sie blickten unter buschigen, dicht beieinanderstehenden Brauen hervor und fixierten Lilli. Dann kam in der Dunkelheit ein runder kahler Kopf zum Vorschein, und schließlich vervollständigte ein breites, unheilvolles Grinsen das pausbäckige Gesicht.

»Sehr dramatisch, Zoot«, bemerkte Lilli, »aber du hast mich nicht erschreckt.«

Zoot grunzte enttäuscht und hörte auf, durch die schwarze Fläche ins Zimmer hineinzufließen. Stattdessen hob er einen kurzen Dreizack – der große Ähnlichkeit mit einer silbernen Fischgabel hatte – und schlug einen breiten weißen Riss in die Schwärze; dann sprang er aus dem Loch heraus und landete auf seinen überlangen zweizehigen Füßen mitten im Zimmer, ein strahlendes Lächeln im Gesicht.

Lilli lächelte zurück. Ihr dämonischer Gefährte reichte ihr ungefähr bis zu den Knien, sein pummeliger Körper war hellrosa, abgesehen von dem gelbbraunen Kugelbauch. Zwei übergroße grüne Hörner ragten aus seinem Kopf hervor. Die Hände am Ende von Zoots dünnen Ärmchen waren genauso schlicht wie alles andere an ihm – an jeder Hand hatte er nur drei Finger, und aus jedem ragte eine breite stumpfe Klaue hervor. Eigentlich waren es eher Pfoten als Hände, dachte Lilli, und alles in allem sah Zoot aus wie eine riesige rosa Birne mit Clownsfüßen und Bockshörnern.

»Machst du das bitte sauber?«, bat sie ihn.

Zoot schwenkte den Dreizack durch die Luft, und das schwarze Loch hinter ihm schloss sich, so dass dahinter wieder die Farben zum Vorschein kamen.

»Der Troll hat sich versteckt«, sagte Lilli.

Zoot runzelte die Stirn und überlegte, dann zog er den Dreizack über die Wand. Eine dunkelblaue Farbe zerfloss zu einer runden Form, und schwarze Linien wuchsen zu Wolkenkratzern in die Höhe.

»Genau«, sagte Lilli. »Der See mitten in der Stadt.« Sie stieg aus der Hängematte und legte eine Hand auf Zoots dicken Kopf. »Ich glaube, der Troll fürchtet sich vor etwas.«

Zoot wirbelte den Dreizack herum und malte Lilli ein verschlagenes Grinsen aufs Gesicht.

»Nein, nicht vor uns«, sagte sie, und ihre Stimme klang wie ein Knurren. Mit dem Handrücken wischte sie sich die höhnische Grimasse ab, die der kleine Dämon ihr verpasst hatte. »Vor uns muss man keine Angst haben.«

In dem Moment klopfte es an der Tür.

Es war nicht ungewöhnlich, dass die Polizei sie von den Stellen verjagte, an denen sie den bunt bemalten

Wohnwagen parkte. Verdrossen ging sie durch den Flur und öffnete die Tür, doch es war nicht die Polizei.

Ein nervöser, sonderbar aussehender Mann mit einem Notizblock in der Hand stand vor der untersten Treppenstufe. Er sprach rasend schnell und wirkte seltsam aufgeregt.

»Hallo«, sagte er. »Ich habe dich heute unter der Brücke gesehen. Du suchst den Troll. Genau wie ich. Ich bin Mr. Calamitous. Ich untersuche sein Verschwinden.« Er verstummte und schnüffelte in die Luft, dann bombardierte er sie mit Fragen, ohne ihr Zeit zum Antworten zu lassen. »Hast du einen Moment Zeit? Kann ich mit dir sprechen? Darf ich reinkommen?«

»Das ist ein schlechter Zeitpunkt«, sagte sie.

»Ja? Warum denn? Was ist los? Wo liegt das Problem? Es wird auch nicht lange dauern, ja?«

»Nein. Ich habe nicht aufgeräumt.«

»Dann vielleicht ein paar Fragen hier draußen?« Er stellte den Fuß auf die unterste Stufe. »Nur zwei oder drei. Höchstens vier.«

»Hören Sie auf. Allmählich fühle ich mich von Ihnen bedrängt.«

»Gut. Dann komme ich später wieder. Ja, genau, so machen wir es.«

»Ich werde nicht hier sein«, sagte Lilli.

»Das ist schon in Ordnung. Okay. Ja. Vielen Dank für deine Zeit, Miss …?«

Lilli schlug die Tür zu.

PENG!

»Der Kerl gefällt mir nicht«, sagte Lilli.

Zoot zuckte mit den Schultern und sah sie fragend an.

»Ich weiß nicht, warum«, antwortete Lilli. »Aber er hat ein schlechtes Karma, und ich kann überhaupt keine Aura erkennen.« Sie verschloss die Tür und ging durch den Flur zum Schlafzimmer. Zoot watschelte ihr nach. »Ich glaube, ich leg mich hin und setze die Suche morgen früh fort, Kleiner«, sagte Lilli. »Es ist ja nicht so, dass irgendjemand den Troll noch heute Abend findet.«

9. *Kapitel*

(Fast) Wie im Märchen

Morgens um halb fünf gab es auf der Aurora-Brücke keinen Verkehr, außer drei Jugendlichen, die im Gänsemarsch mit drei Ziegen angestiefelt kamen. Nate führte das größte Tier, und über seinem Kopf kreiste sein Gehilfe Flappy und hielt nach dem Troll Ausschau. Der kleine Winddämon flatterte taumelnd vor sich hin wie ein pudelgroßer Kolibri mit Schuppen.

»Das ist lächerlich«, sagte Richie, während er mit seiner Ziege rang, um sie in Reih und Glied zu halten.

»Pass einfach auf, dass sie in der Mitte bleibt«, wies Nate ihn an.

Sandy führte die kleinste der drei Ziegen und trug das *Dämonenhüter-Kompendium,* das Tage- und Lehrbuch eines jeden Hüters in der langen Ahnenreihe von Nates Vorgängern. Leider war das Buch in dutzenden verschiedener Sprachen verfasst. Sandy zitierte daraus.

»Hier ist etwas, was ich lesen kann. Es ist von Michael John Francis, einem englischen Hüter, der vor einigen Jahrhunderten gelebt hat. Er sagt, die Kraft eines Dämons entstamme dem Chaos, das ihn erschaffen hat, und er bringe dieselbe Art von Chaos zurück über die Welt.« Sie klappte das Buch zu und stopfte es in ihren Rucksack. »Im vorliegenden Fall bestand das Chaos aus vier verrückten Aktionskünstlern aus Seattle und ihrer Interpretation des norwegischen Kindermärchens vom Troll und den drei kleinen Geißlein, die versuchen, eine von ihm bewachte Brücke zu überqueren.«

»Ahhh«, stöhnte Richie, »die Schulmeisterstimme.«

Sandy ignorierte seinen Spott. »Die Künstler haben den Troll illegal aufgebaut. Sie haben den nötigen Zement unter die Brücke transportiert und innerhalb von zwei Tagen eine Skulptur daraus gemacht, während sie sich als Straßenarbeiter ausgaben. Faszinierend, nicht wahr?«

Richie schnaubte. »Wusstest du, dass Leute, die sich jede historische Einzelheit merken, dazu verurteilt sind, die alten Geschichten am eigenen Leib nachzuerleben?«

In dem Moment blitzten hinter ihnen blaue und rote Signallichter auf.

Nate zuckte zusammen. »Ach, verflixt! Wir haben Wichtigeres zu erledigen, als blöde Fragen zu beantworten.«

»Mann, du fluchst wie ein alter Opa«, sagte Richie und hielt seine Ziege fest, als der Streifenwagen neben ihnen heranfuhr.

Der Beamte streckte den Kopf aus dem Fenster. »Stehen geblieben, ihr kleinen Schafhirten!«

»Was machen wir jetzt?«, zischte Sandy Nate und Richie zu.

»Ich erledige das«, sagte Richie. »Polizisten sind *mein* Spezialgebiet.« Er wandte sich an den Beamten. »Hallo, tut uns leid, falls wir den Verkehr behindern. Unser Anhänger is liegen geblieben. Schöner Bockmist auch.«

»Du klingst wie ein Kanadier«, sagte der Mann.

»Sie haben gute Ohren, Wachtmeister. Ja, wir kommen von 'ner Käse-Farm gleich hinter der Grenze. Wir bringen die drei Racker zum Viehmarkt in Puyallup.«

»Tatsächlich? Wo steht denn euer Anhänger?«

Richie fuhrwerkte einen Moment lang mit seinem Vierbeiner herum, um sich etwas Zeit zum Überlegen zu verschaffen.

Sandy trällerte los. »Haben Sie den bunten Wohnwagen am anderen Ende der Brücke gesehen? Den mit dem geblümten Käfer davor?«

»Ja, hab ich«, sagte der Beamte. »Der ist mir vorhin aufgefallen. Ihr müsst Freunde des hübschen Mädchens sein, das den Wagen fährt.« Sandy zuckte zusammen, nickte aber mechanisch. Zufrieden nickte der Mann zurück. »In Ordnung. Es ist spät. Schafft die Tiere dorthin, wo sie hinsollen, bevor der Berufsverkehr losgeht.« Der Polizist tippte sich an die Dienstmütze und fuhr weiter.

»Wow«, staunte Richie. »Du lügst ja wie ein Profi.«

»Gewöhn dich bloß nicht daran«, schimpfte Sandy. »Ich hasse es zu lügen.«

»Dank dir«, sagte Nate. »Und nun geh bitte, und bring die kleine Ziege rüber.«

Während der Streifenwagen in der Ferne hinter einer Kurve verschwand, bugsierte Sandy ihre Ziege über die Brücke. Die Jungen warteten.

»Nichts«, sagte Richie, als Sandy am anderen Brückenende in der Dunkelheit verschwand.

Während sie Sandy nachschauten, merkten sie nicht, dass Flappy verzweifelt ihre Aufmerksamkeit zu erregen versuchte. Der Winddämon kam herabgeschossen, um dicht vor ihren Gesichtern vorbeizufliegen, als hinter ihm eine riesige Betonhand über das Brückengeländer griff und den kleinen Dämon mit geballter Kraft kopfüber in die Dunkelheit schleuderte.

WUSCH!

Richie fuhr herum. »Der Trollllll!«, brüllte er.

Die riesige Gestalt stieg auf die Überführung des Highway 99; ihre gewaltigen Hände zerquetschten das Aluminiumgeländer wie einen Plastikstrohhalm.

»Plan A!«, rief Nate, und sie ließen ihre Ziegen laufen.

In dem Märchen stürmen zwei der Tiere todesmutig an dem lauernden Troll vorbei, während der Gigant auf die größte und saftigste Ziege wartet, und als sie auftaucht, befördert sie den Troll mit einem kräftigen Tritt zurück an seinen Platz unter der Brücke.

Nates und Richies Ziegen hingegen flohen nach einem kurzen Blick auf die riesige Betonmonstrosität mit lautem Getrappel die Brücke entlang.

Der Troll riss die Leitplanke aus den Verankerungen und schwang sie in hohem Bogen durch die Luft. Sie sauste auf die Jungen zu.

»Plan B!«, brüllte Nate. »Wegrennen!«

Sie stürmten in dem Moment los, als hinter ihnen die Leitplanke auf die Fahrbahn krachte.

SCHEPPER!

Der Troll stapfte ihnen hinterher.

»Siehst du, er ist auf die Ziegen angesprungen«, japste Nate, während sie davonrannten. »Er kommt nicht gegen seine Natur an.«

»Die Ziegen offenbar schon«, schnaufte Richie.

»Wahrscheinlich kennen sie das Märchen nicht. Außerdem sind sie schneller als wir. Der Troll wird uns zuerst erwischen!«

Das Ungetüm schlug mit seinen riesigen Betonhänden nach ihnen und grub bei jedem Schritt seine Füße in den Asphalt. Bald erreichten Nate und Richie die Brückenauffahrt, und Nate sprang hinab, um sich unter die Überführung zu flüchten.

»Nate, geh nich da runter!«, rief Richie ihm nach. »Da sitzt du in der Falle.«

Unter der Brücke stieß Nate auf die beiden Ziegen, die sich verängstigt aneinanderschmiegten. »Ihr solltet ihn angreifen und nicht die Kurve kratzen«, polterte er.

Die Tiere starrten ihn nur verständnislos an. Sie verstanden das seltsame Spiel nicht, das der Junge mit ihnen veranstaltete, und gewiss waren sie nicht gewillt, sich in die Arme eines steinernen Ungeheuers treiben zu lassen, das sie offensichtlich auffressen wollte.

Richie trat zu Nate. »Husch! Husch!«, herrschte er die Tiere an. »Wenn ihr nicht kämpfen wollt, dann haut ab!«

Er trat einer der Ziegen ins Hinterteil. Meckernd schlug das Tier nach ihm aus.

»Aua!«, rief Richie.

»Lass uns verschwinden!«, drängte Nate. Aber es war zu spät, denn in diesem Augenblick kletterte der Troll an der Brückenseite hinunter und ließ seine zwei Tonnen Beton und Stahl direkt vor ihnen zu Boden plumpsen.

RUMMS!

Sie saßen in der Falle.

»Was tun wir jetzt?«, fragte Richie.

Nate schaute auf die Uhr. »Wir warten.«

»Lange überstehen wir das nicht!«

Der Troll stapfte auf sie zu und streckte den Arm nach ihnen aus, als plötzlich die ersten Sonnenstrahlen über den Horizont fielen. Das Ungetüm erschrak, schob die Jungen und die Ziegen mit seinen mächtigen Armen aus dem Weg und rannte schwerfällig an ihnen vorbei. Dann fiel es mit Donnergepolter vornüber und begann fieberhaft, sich in seinen angestammten Platz unter der Brücke hineinzuzwängen. Sekunden später war der Troll wieder zu leblosem Beton erstarrt.

Der Streifenwagen folgte den riesigen Eindrücken im Asphalt bis zum Brückenende, wo der Beamte das Fahrzeug parkte und ausstieg. Er blickte über die Brüstung und sah unten zwei gewaltige Fußstapfen im Gehsteig. Neugierig schwang er sich über das Geländer und trat unter die Brücke, wo ihn ein höchst seltsamer Anblick erwartete.

Der Troll war an seinen Platz zurückgekehrt und sah

ziemlich unversehrt aus, wenn man einmal davon absah, dass er kopfüber in der Grube steckte und nun statt seines Oberkörpers die dicken Betonbeine und der Rumpf in die Höhe ragten.

10. Kapitel

Zwei Küsse an einem Tag

Nate und Sandy standen auf der Veranda. Die Sonne war jetzt vollständig aufgegangen und schien zwischen den grauen Wolken hindurch zaghaft auf ihre müden Gesichter herab.

Es war nicht wie geplant gelaufen, so wie immer. Nach dem Angriff war Flappy kopfüber in die Dunkelheit gestürzt und irrte nun sicherlich ziellos umher. Es war unwahrscheinlich, dass er so bald wieder auftauchen würde, denn er hatte einen schlechten Orientierungssinn. Das war ein herber Verlust – Nate hatte den kleinen Winddämon gern. Dhaliwahl hatte die beiden einander vorgestellt, als Nate bei ihm eingezogen war. Ursprünglich hatte der alte Inder nicht gewollt, dass Nate sich mit dem unberechenbaren Kerlchen zu sehr anfreundete, aber dann hatten die beiden sich so gut verstanden, dass Nates Meister nachgegeben hatte und Flappy Nates erster Gehilfe geworden war.

Neben Flappys Verlust hatten sie auch den Troll nicht vernünftig an seinen angestammten Platz zurückbefördert – keine besonders geschickte Rettungsaktion für einen Dämonenhüter und seinen Lehrling. Außerdem hätte man sie fast auf frischer Tat ertappt. Als Sandy über die Brücke zurückgerannt kam, hatte sie klugerweise vorgeschlagen, sich doch hinter Lillis in der Nähe geparktem Anhänger zu verstecken, bevor der Polizist auftauchte. Die Ziegen hatten vor lauter Angst mucksmäuschenstill dagestanden, während der Beamte sich, kaum fünf Meter entfernt, unter der Brücke umsah.

Dann waren da noch dieser komische Reporter, der so großes Interesse an Nate zeigte, und das seltsame Mädchen, von dem Nate so fasziniert war. Er merkte, dass ihm dutzende Dinge durch den Kopf gingen, während er mit einer Hand am Türknauf dastand und darauf wartete, dass Sandy ging.

»Ich habe meiner Mutter erzählt, ich würde ganz früh losgehen, um mit der Inventur anzufangen, bevor die Bibliothek öffnet«, sagte Sandy. »Ich sollte mich lieber auf den Weg machen, um mein Alibi aufrechtzuerhalten.«

»Okay«, sagte Nate und fragte sich, warum sie eigentlich immer noch dort stand, wo sie doch so dringend losmusste.

»Es hat Spaß gemacht«, fuhr sie fort. »Ich hätte zwar sterben können, aber es war interessant.« Noch immer machte sie keine Anstalten zu gehen. Schließlich leckte sie sich die Lippen.

Plötzlich verstand Nate. Sie wollte einen Kuss von

ihm. Danach schien ihr immer dann zumute zu sein, wenn sie eine gefährliche Situation überstanden hatten. Sie hatten sich auch nach der erschreckenden Episode mit dem Dürren Mann geküsst. Genau genommen war sie danach mehrere Tage lang richtig verschmust gewesen. Und nachdem sie einige Wochen später fast von Nates dämonischem altem Rasenmäher überrollt worden wären, war es wieder Zeit für einen Schmatzer gewesen – sie hatten gleich dort im Schuppen die Lippen aufeinandergepresst.

Er betrachtete Sandy im hellen Tageslicht. Sie war seit halb vier wach; ihre von den dicken Brillengläsern vergrößerten Augen waren gerötet. Dazu war sie pudelnass vom Nieselregen, wie eine feuchte Kanalratte. Sie sah ganz schön mitgenommen aus, fand Nate, und roch ein bisschen nach Ziege. Er zögerte.

»Du wirkst zerstreut«, sagte sie.

Er wollte nichts erklären, deshalb beugte er sich zu ihr hinüber. Sie schloss die Augen, schürzte die Lippen, und er küsste sie – auf die Wange. Sandy wandte den Kopf, suchte blind nach seinem Mund, verfehlte ihn aber. Stattdessen stießen ihre Nasen zusammen.

»Na dann«, sagte Nate und löste sich abrupt aus der Umarmung. »Bis morgen.«

»Es ist doch schon morgen.«

»Na schön. Dann eben bis nachher.«

»Okay.« Stirnrunzelnd gab sie auf und ging davon.

Richie blickte aus dem Fenster; Nik hockte auf seiner Schulter, Pernikus auf seinem Kopf.

»Schwache Nummer, Mann.«

»Ich hab den Kopf mit anderen Sachen voll, okay?«, sagte Nate. »Und überhaupt, was soll das, uns einfach zu beobachten?«

»Was kommt als Nächstes?«, fragte Richie. »Suchen wir Zunder? Kail? Das Ungeheuer von Loch Ness?«

»Ich muss nachdenken«, sagte Nate. »Ich gehe spazieren.«

»Ich hol mein Sweatshirt.«

»Ich gehe *allein* spazieren«, grummelte Nate und stieg die Stufen hinab.

»Keine Sorge«, rief Richie ihm nach. »Ich werd diese Hüter-Sache bald voll draufhaben. Erst mal halt ich hier die Stellung, während du unterwegs bist.«

Hinter seinem Rücken kam die Zudecke seines schlafwandelnden Betts angekrochen. Sie begrub ihn unter sich, zerrte ihn dann durch den Flur und schleuderte ihn gegen Möbel und Wände. Quietschend vor Lachen tobten Nik und Pernikus ihnen hinterher.

»Tu das«, sagte Nate leise.

Kurz darauf fand er sich vor Lillis bunt bemaltem Wohnwagen wieder und fragte sich, was er eigentlich hier wollte. Sein Herzklopfen verriet ihm, dass er nicht dort sein sollte, aber als er gerade kehrtmachen wollte, öffnete sich die zweiteilige Falttür.

Der Duft von Räucherstäbchen wallte ihm entgegen, und dann kam Lilli herausgeschwebt wie eine Fata Morgana. Sie trug einen fleckigen Arbeitskittel und schien von seinem Erscheinen nicht im Geringsten überrascht zu sein.

»Ah, du bist es«, sagte sie. »Endlich.«

»Woher hast du gewusst, dass ich kommen würde?«

»Du warst rot.«

»Rot?«

»Deine Aura. Als du mich gesehen hast, hat sie aufgeleuchtet wie eine Glühbirne.«

»Du siehst *Dinge*?«, fragte Nate.

»Ich sehe die Schönheit der Dinge.«

»Ich nicht. Ich sehe Chaos.« Nate wusste nicht, wie viel er ihr verraten sollte. Er kannte sie ja überhaupt nicht, aber er fühlte sich ihr nahe und wollte ihr erzählen, wer und was er war.

Lilli lachte. »Ehrlich, manchmal macht mir die Art, wie ich auf die Welt blicke, richtig Angst, aber ich glaube, es kommt nur darauf an, was man dabei *fühlt*. Was fühlst *du*, Nate?«

»Ich empfinde Verantwortung«, antwortete er.

»Wofür?«

»Manchmal für die ganze Welt.«

Lilli wedelte mit einem Malpinsel hin und her, den Nate noch gar nicht in ihrer Hand bemerkt hatte. Farbe schoss aus den Borsten heraus und spritzte vibrierendes Leben an die nahe Betonwand. »Was siehst du dort?«

»Graffiti?«

Lilli lachte. »Oh, das ist traurig. Armer Junge. Du solltest reinkommen und dir die schönen Seiten des Lebens anschauen.« Sie drehte sich um und ging voraus. Nach wenigen Schritten hielt sie inne. »Kannst du Geheimnisse bewahren?«

»Das tue ich andauernd«, erwiderte Nate.

»Weißt du, was ich bin?«, fragte ihn Lilli.

Nates Herz machte einen Satz. »Ich glaube schon«, sagte er eifrig. »Weißt du, was ich bin?«

Lilli nickte. »Ja. Das ist offensichtlich. Man muss nur wissen, was deine Farben bedeuten.«

»Tatsächlich? Und was bedeutet es, wenn ich aufleuchte wie eine rote Glühbirne?«

Lilli beugte sich zu ihm herüber. »Das hier …«

Sie zog Nate an sich und küsste ihn. Ihre Lippen waren geöffnet, ihre Zunge tastete in seinem Mund herum, tat, was ihr gefiel. Es war ganz anders als Sandys vorsichtige Küsse … viel besser.

Als sich ihre Münder voneinander lösten, schwebte ein purpurfarbenes Wölkchen zwischen ihnen. Selbst Nate konnte es sehen.

»Und, hat es sich gut angefühlt?« Lilli lächelte, während das Wölkchen langsam verblasste.

»Mhm.«

»Dann komm. Ich zeige dir noch mehr schöne Sachen.«

11. Kapitel

Spielplätze

Flappy purzelte in die Elliot Bay hinaus, von feuchten Luftwirbeln herumgeschleudert, ein Winddämon, den sein eigenes Element drangsalierte. Völlig benommen vom Angriff des Trolls, taumelte die kleine Inkarnation über den salzigen Wassern des Puget-Sund umher.

Zum ersten Mal seit Jahren war Flappy außerhalb der engen Grenzen des Hauses und ohne seinen Hüter unterwegs, und er fühlte sich völlig verloren. Gleichzeitig aber kam ihm die Weite seltsam befreiend und vertraut vor. Während er zu den Inseln abtrieb, begann er nach Herzenslust herumzutoben und durch die Gegend zu sausen. Einige Dämonen verfügten über ein Erinnerungsvermögen. Andere, so wie Flappy, trieb es von einer Sache zur nächsten, und sie ließen die Vergangenheit augenblicklich hinter sich, sobald es irgendwo etwas Neues zu erkunden gab. Und der Schwinger des Betonriesen hatte Flappys Gedächtnis auch nicht gerade nachgeholfen.

Unter ihm zogen die Inseln vorbei, die den Puget-Sund der Elliot Bay bis zur Juan-de-Fuca-Straße und darüber hinaus bis zum endlosen fernen Pazifik hin sprenkelten. Allen Beschränkungen enthoben, breiteten sich seine Flügel immer weiter aus, und allmählich genoss er die neu gewonnene Freiheit und vergaß seinen Hüter. Und wie ein Karpfen, der in einen viel, viel größeren Teich hineinschwimmt, begann Flappy zu wachsen.

Der Dämonenfresser witterte sie, wenn sie in der Nähe waren oder sich in großer Zahl versammelten, so wie die kleinen Bierwürmer in der Hafentaverne; oder wenn sie zu den Elementardämonen gehörten, die unübersehbare Spuren hinterließen wie zum Beispiel den breiten Bodenspalt, durch den eine seiner angepeilten Mahlzeiten unter die Erde geflohen war. Der Dämonenfresser wusste, dass er sich noch nicht schnell genug durch den Boden wühlen konnte, um sie zu verfolgen. Er musste sich erst bessere Gliedmaßen zum Graben wachsen lassen.

Seattle aber schien ein einträgliches Jagdrevier zu sein. Genau genommen machten für ihn die in dieser eigentümlichen Stadt verborgenen Dämonen einen Großteil ihrer Anziehungskraft aus. Einige hatten sich ja schon als überaus schmackhaft erwiesen, dachte er, und leckte sich über die zuckenden feuchten Lippen. Und sobald sich der Troll das nächste Mal rührte, würde ihm auch der hervorragend munden.

Fürs Erste aber musste er mit dem bunten Wohnwagen vorliebnehmen, den er seit hunderten von Meilen verfolgte. Das Gefährt roch intensiv nach Chaos. Diese junge Menschenfrau schien darin zu wohnen und die dort lebenden Dämonen zu hüten. Sie würde keinen großen Widerstand leisten, sagte sich der Dämonenfresser. Sie flitzte ständig von einem Geschöpf zum anderen und starrte sie bewundernd an; sie sammelte nur die schönen Exemplare, als wären es Wildblumen. Sie kam ihm nicht sehr kämpferisch vor.

Während der Dämonenfresser über künftige Leckerbissen nachdachte, drückte er mit einem langen stachligen Arm fest zu und entlockte dem großäugigen Schulhofdämon, den er energisch ins Gras presste, ein qualvolles Quieken. Die spitzen Stacheln bohrten sich an dutzenden Stellen in das hilflose Geschöpf.

Während drinnen die Schulstunde im Gange war, hatte der Dämonenfresser den munteren kleinen Kerl eingefangen, der allein unter dem Klettergerüst gehockt und freudig auf die große Pause gewartet hatte, in der er die Kinder in fröhliche, kichernde Aufregung versetzen konnte. Damit war es vorbei: Dem freundlichen Dämon quoll bereits grünes Chaos aus den vielen Wunden, und wenn die Schüler nachher herauskämen, dann wäre er längst verdaut.

12. Kapitel

Der Hüter und die Sammlerin

Nate ging durch einen Vorhang aus bunten Perlen in allen Formen und Größen. Die herabhängenden Ketten schwangen wie von Zauberhand zur Seite und gaben den Weg frei. Er trat ins Wohnzimmer und war verblüfft, dass es viel, viel größer war, als das Äußere des Gefährts es vermuten ließ. Die Wände waren voller improvisierter Gemälde, Graffiti und Zeichnungen, alle ständig in Bewegung. Während Nate sie anschaute, verschwammen sie zu neuen Gebilden. Die Skizzen drehten und verschoben sich, neue zeichneten sich von selbst. Die Wohnzimmermöbel waren an die Wände und auf den Boden gemalt.

»Setz dich«, sagte Lilli.

Nate hatte inzwischen Vertrauen zu ihr gefasst, deshalb lehnte er sich zurück und fand sich – wundersamerweise – auf einem an die Wand gemalten Stuhl sitzend wieder.

»Wo hast du das alles her?«, fragte er.

»Ich entdecke es draußen in der Welt und sammle es. Diese Dinge ziehen mich an.« Hinter ihr entstand jetzt ein Porträt von Lilli und folgte ihren Bewegungen wie ein Schatten. »Und ich ziehe diese Dinge an. Wenn ich in Städten flüchtige oder instabile Schönheit entdecke, dann biete ich ihr an, sie herzubringen und ihr ein Zuhause zu geben, einen Ort, wo sie überleben kann, damit sie nicht verloren geht. Was du hier siehst, habe ich über zehn Jahre hinweg zusammengetragen.«

»Es ist Chaos«, sagte Nate. »Ich sehe es auch, aber du gehst damit ganz anders um als ich.«

»Ich bin ein Sammler. Du etwa nicht?«

»Doch, in gewisser Weise schon. Aber ich betrachte diese Sachen aus einem anderen Blickwinkel. Und ich bezeichne mich als Hüter.«

»Bei dir klingt das, als wäre es furchtbar anstrengend.«

»Ist es auch.«

»Daran sollten wir arbeiten«, schlug sie vor. »Hässliche Gedanken, hässliches Karma. Warum versuchst du nicht mal an etwas Schönes zu denken?«

Nate starrte sie an, und ihre Aura wechselte zu einem leuchtenden Pink.

»Etwas anderes, Dummerchen. Etwas, das tief in deinem Herzen steckt. Du kannst es auf die wandelnden Kunstwerke an den Wänden projizieren. Sie reflektieren die Gedanken derjenigen, die sich auf sie einlassen. Sie werden dir helfen, deine Empfindungen zum Ausdruck zu bringen.«

Nate versuchte in sich zu gehen und in seine Gefühlswelt einzutauchen. Plötzlich verrutschten die Farbflächen und flackerten und wimmerten.

»Fröhliche Gedanken …«, wies Lilli ihn an.

Nate gab sich Mühe und versuchte, sich seine Empfindungen bewusst zu machen. Das hatte er schon seit einer ganzen Weile nicht mehr getan, und es fiel ihm schwer. Die Farben verschwammen, wurden trüb. Ein schmerzerfülltes Kreischen ertönte, während sich um ihn herum eine grauenvolle Szenerie materialisierte – das Wasser stand ihm bis zum Hals, und undeutliche Gestalten ertranken. Er erhob sich, aber das Wasser stieg mit ihm an. Er versuchte zu schwimmen, konnte es aber nicht. Er ging unter. Er hörte Schreie.

Die Farben winselten qualvoll.

»He! Du tust ihnen weh!«, rief Lilli.

Zoot erschien und stieß Nate die lange Mittelzinke seines Dreizacks in den Fuß.

»Autsch!« Nate verdrängte seine Gefühle augenblicklich und leerte seinen Geist. Er hielt sich den Fuß und hüpfte auf einem Bein, während die erschrockenen Farben vor ihm zurückwichen und sich Trost suchend um Lilli scharten. Als er an sich hinabblickte, entdeckte er keine Verletzung an seinem Fuß – der Schmerz war nur Einbildung gewesen.

Zoot wich rasch zurück und baute sich mit hocherhobenem Dreizack zwischen Nate und den Farbdämonen auf, für den Fall, dass der Besucher erneut versuchen sollte, seine Gefühle auszudrücken.

»Es tut mir leid«, sagte Nate.

»Hast du schon mal daran gedacht, zu einem Therapeuten zu gehen?« Stirnrunzelnd winkte Lilli Zoot zurück. »So eine Reaktion habe ich von den Farben noch nie erlebt. Es ist ziemlich beunruhigend.«

»Ich gehe jetzt lieber«, sagte Nate und wandte sich zur Tür.

Nun wurde Lilli sanfter. »Hey, mach dir keine Sorgen, okay?« Sie legte ihm eine Hand auf die Schulter. »Du hast also ein paar Probleme. Na und? Bestimmt gibt es in dir auch Angenehmes zu entdecken. Wir müssen nur danach suchen.«

»Du hast es wirklich schön hier«, sagte Nate. »Es ist so friedlich. Aber ich sag dir, die Welt da draußen kann ein richtig hässlicher, unangenehmer Ort sein.«

»Aber sie kann auch wunderschön und sanft sein«, konterte Lilli.

»Es geschehen so viele schlimme Dinge.«

»Und viele gute.«

Nate seufzte. »Weißt du«, sagte er und gab die Debatte auf, »du könntest genau das sein, was mir fehlt.«

Auf dem Heimweg überschlugen sich Nates Gedanken. Gestern hatte er noch geglaubt, einer Seelenverwandten begegnet zu sein. Er hatte Lillis Fähigkeiten gespürt. Aber sie war nicht wie er. In mancher Hinsicht schon, in anderer hingegen waren sie völlig verschieden. Sie konnte Dämonen sehen, so wie er, aber sie war eine Kunstsammlerin, während er eine Art Tierpfleger war. Sie spürte nicht die Erdenschwere. Sie war frei wie der

Wind. Sie zog nach Lust und Laune herum und sah nicht die dunkle Seite des Chaos. Er hatte nie die Möglichkeit in Betracht gezogen, dass andere Leute, die die gleichen Fähigkeiten besaßen wie er, diese ganz anders einsetzen könnten. Dhaliwahl hatte den Anschein erweckt, es gebe nur eine Verwendung für die Fähigkeit, Dämonen sehen zu können – nämlich wie ein mürrischer Schiedsrichter nach Ärger Ausschau zu halten und Menschen und Dämonen voreinander zu schützen. Lilli belastete sich nicht mit solch schwerwiegenden Angelegenheiten. Sie war eher wie ein unbekümmertes Kind, das am Strand nach Muscheln sucht. Sie hatte ihm aufgezeigt, dass es für jemanden wie ihn mehr als eine Möglichkeit gab, sein Leben zu gestalten, und dass die Welt nicht so schwarz und weiß war, wie Dhaliwahl sie hatte erscheinen lassen. Nate begann sich zu fragen, welche Geheimnisse ihm sein verstorbener indischer Mentor wohl noch vorenthalten hatte.

13. Kapitel

Der Fuchs im Gänsestall

Neugierig beobachtete der Dämonenfresser, wie Nate losging. Auch der Junge war unter der Brücke gewesen, wo der Troll hockte, und auch er roch intensiv nach Dämonen.

Dann richtete er sein Augenmerk auf den Wohnwagen; sein Appetit war größer als seine Neugier. Ihm knurrte schon der Magen. Im Wohnwagen gab es viele Dämonen. Keine großen, aber eine riesige Auswahl an kleineren Exemplaren. Nun kam auch das Mädchen heraus, das sich um die Geschöpfe kümmerte, sperrte die Tür ab und ging davon. Der Dämonenfresser hatte sie in San Francisco dabei beobachtet, wie sie eine bunte Malerei von einem Eisenbahnwaggon heruntergelockt hatte, indem sie sie einfach zu sich winkte. Dann hatte sie sich das Bild in den Arbeitskittel gestopft und mitgenommen. Der Dämonenfresser hatte sich auf den Eisenbahngleisen herumgetrieben und von den lustigen und erschreckenden Bildern ernährt, die herumstreunende Jugendbanden mit Spraydosen an die Waggons gesprüht hatten. Deshalb hatte er sich von ihr betrogen gefühlt und sich gesagt, dass sie ihm eine ordentliche Mahlzeit schuldete. Ihr nach Seattle zu folgen war kein leichtes Unterfangen gewesen und hatte einen Gestaltwandel erfordert, aber der Umzug hatte sich als interessant und appetitanregend erwiesen. Wie San Francisco brachte auch Seattle noch die Vielfalt und Spontanität hervor, an der sich der Dämonenfresser so gern labte.

Er schlängelte sich zu dem Bus hinüber, richtete sich neben der abgeschlossenen Falttür auf und stieß eine Klaue durch das breite Seitenfenster. Glasscherben prasselten auf seinen harten Panzer herab, während er im Innern des Wohnwagens nach dem Türriegel tastete. Die Tür sprang auf, und Sekunden später war er im Bus und glitt eilig durch den Flur.

Die Geschöpfe flohen vor ihm, die bunten lebendigen Schmierereien mit ihren lauten hellen Klängen, alle wichen sie ins Wohnzimmer zurück, um sich in Sicherheit zu bringen. Doch das spielte keine Rolle. Der Dämonenfresser huschte hinterher und platzte in den Raum, reckte den spitzen, strohhalmförmigen Schnabel vor wie ein riesiger Moskito, stach ihn in die zerlaufenden Farben und schlürfte sie auf wie verschütteten Fruchtjoghurt. Die Geschöpfe schrien im Todeskampf, aber selbst ihre Klänge konnten ihm nicht entkommen. Der Dämonenfresser schlang auch sie hinunter.

Er schlemmte nach Herzenslust. Das Mädchen war

nicht da, konnte ihn nicht aufhalten. Aber die Kleine hatte sich als äußerst nützlich erwiesen. Denn der Geruch vieler Dämonen hatte an ihr gehaftet, und der Duft hatte ihn hergelockt wie einen Fuchs in den Hühnerstall.

Später am Abend stieg Sandy eifrigen Schrittes auf Nates Veranda. Sie hatte drei verschiedene Tageszeitungen dabei; den Laptop hatte sie sicherheitshalber zu Hause gelassen. Die Tür ging auf und ließ sie hinein. Sie marschierte geradewegs zum Arbeitszimmer, wo Richie versuchte, Pernikus vom Kronleuchter herunterzulocken, von dem aus der kleine Hauskobold Nichtsahnenden, die unter ihm hindurchgingen, auf den Kopf spuckte.

»Wo ist Nate?«, fragte Sandy.

»Spazieren gegangen«, sagte Richie.

»Spazieren gegangen?« Sandy rümpfte die Nase. »Wo denn?«

»Keine Ahnung.« Richie zuckte mit den Schultern. »Ich bin doch nich seine Mutter.«

Als Nate wenig später nach Hause kam, hatte Sandy ihre Zeitungen auf dem Couchtisch und auf dem Boden ausgebreitet.

»Wo warst du?«, platzte es aus ihr heraus.

»Spazieren.«

»Wo?«

»Bist du vielleicht meine Mutter?«, konterte Nate, während ihm eine Ladung Speichel auf den Kopf platschte.

Richie kicherte, und Sandy schleuderte die *Seattle*

Times auf den Tisch. Auf der Titelseite prangte ein Foto des Polizisten, mit dem sie letzte Nacht gesprochen hatten; der Mann posierte vor dem blanken Hinterteil des Fremont Trolls wie ein siegreicher Boxer vor einem zu Boden gegangenen Gegner.

»Eigentlich hätten wir auf die Titelseite gehört«, beschwerte sich Richie. »*Wir* haben den Troll zurückgelockt. Und die zehntausend Dollar hätten wir auch bekommen müssen.«

»Ein Hüter lenkt keine Aufmerksamkeit auf die Dämonen, die er beschützt«, grummelte Nate. »Alle Welt redet jetzt über den Troll, der plötzlich mit dem Kopf im Boden steckt.«

»Ja, man nennt ihn jetzt den ›Fremont-Hintern‹«, lachte Richie. »Ich wette, dieser komische Reporter würde zu gern eine Geschichte über uns schreiben.«

»Wir sind kein Gegenstand für die Zeitung.«

»Ich habe uns eine Pizza bestellt«, unterbrach Sandy.

Richie stieß begeistert die Faust in die Luft. »Ja!«

»Eine vegetarische.«

»Neiiiin! Erst wird man heißgemacht und dann so was. Als bekäme man einen Kuss versprochen, und dann küsst einen die hässliche Schwester.«

Nate blinzelte nervös, als die Rede aufs Küssen kam.

»Ich dachte nur, wir sollten etwas essen, während wir unsere Strategie besprechen«, sagte Sandy.

»Ich kann mich nicht erinnern, eine Strategiebesprechung einberufen zu haben«, entgegnete Nate.

»Du hast doch selbst gesagt, dass Zunder und Kail

noch immer frei herumlaufen«, widersprach Sandy. »Woher wusstest du überhaupt, dass der Troll wieder in die Grube zurücksteigen würde?«

»Keine Ahnung. Mir ist nur eingefallen, irgendwo gelesen zu haben, dass Trolle im Sonnenlicht erstarren. Kam mir wie eine gute Idee vor.«

»Wir haben unser Leben aufs Spiel gesetzt. Ich finde, wir sollten unsere Taktik nach etwas Logischerem ausrichten als nach vagen Ideen.«

»Hier geht es nicht um *unsere* Taktik«, sagte Nate. »Es ist allein *meine* Sache. Wenn es euch beiden nicht passt, wie ich die Dinge anpacke, dann braucht ihr mir nicht zu helfen. Und Richie, wenn du ein Hüter werden möchtest, dann musst du eines begreifen: Bei dieser Aufgabe gibt es keine Belohnungen, keine Zeitungsfotos und keine Gespräche mit sonderbaren Fremden.«

»Du bist doch nicht mein Vater.«

»Wir sind hier in *meinem* Haus, also bestimme *ich* die Regeln«, entgegnete Nate.

Sandy blätterte im *Dämonenhüter-Kompendium.* »Hier steht aber etwas anderes drin. Wartet, ich finde die Stelle.«

»Gib das her!« Nate riss ihr das Buch aus den Händen.

»Ich dachte, ich soll für dich daraus vorlesen.«

»Aber nicht, damit du es gegen mich verwendest!«, schimpfte Nate wütend.

»Was ist denn nur in dich gefahren?«, fragte Sandy argwöhnisch. »Du verhältst dich total komisch, seit –«

In dem Moment klopfte es an der Tür. »Ich geh schon«,

sagte Nate und freute sich, die Frage nicht beantworten zu müssen.

»Is wahrscheinlich irgendein Fensehsender, der die tollen Troll-Fänger interviewen will«, rief Richie ihm nach.

»Eher ist es die Polizei, die uns ausfindig gemacht hat und erfahren will, wie wir die Skulptur zurückgeschafft haben«, murmelte Nate.

Aber als er die Tür öffnete, standen keine Polizisten oder Fernsehleute vor ihm. Es war Lilli, und sie war tränenüberströmt.

»Sie sind verschwunden«, schluchzte sie.

»Wer?«, fragte Nate.

»Alle.«

Lillis Wohnwagen tauchte wie ein einsamer schwarzer Kasten am Ufer des Lake Union auf, scharf umrissen vor dem mondbeschienenen Wasser. Nate, Richie und Sandy gingen darauf zu; Lilli blieb ein Stück zurück.

»Ich kann da nicht hineingehen«, flüsterte sie. »Es ist zu schrecklich.«

Nate bedeutete ihr, stehen zu bleiben, und schlich vorsichtig auf den umgebauten Bus zu, Richie im Schlepptau. Als Nate vor dem eingeschlagenen Fenster verharrte, schob Richie sich an ihm vorbei und versetzte der Falttür einen kräftigen Tritt.

RUMMS!

Die Bustür bog sich nach innen und öffnete sich ein Stück. Ein Luftzug wehte Nate ins Gesicht. Der schwere Räucherstäbchenduft von vorhin war verschwunden.

Stattdessen roch die lauwarme Luft nach ... Nate wusste es nicht genau.

»Nicht so stürmisch«, warnte er seinen Lehrling, als Richie auf die Tür zutrat, um einen Blick in den Bus zu werfen. »Es könnte gefährlich sein.«

»Es is stockduster«, pflichtete Richie ihm bei, der keine Lust hatte, tatsächlich den Kopf ins Innere des Gefährts zu stecken.

Nate schaute Richie über die Schulter. Beide hielten die Luft an.

KLICK!

Ein Lichtstrahl durchschnitt die Dunkelheit. Die Jungen schraken zusammen und fuhren herum.

»Sandy!«, blaffte Nate.

Sie stand mit einer Taschenlampe hinter ihnen. »Was ist denn?«, fragte sie, während sie ins Innere des Busses leuchtete.

Im hellen Licht kamen saubere weiße Wände zum Vorschein. Nate starrte mit offenem Mund hinein. Die faszinierenden Farbgebilde waren verschwunden. Die Möbel ebenso. Die Zimmer auch. Das Innere das Busses war zu einem einzigen kleinen Raum zusammengeschrumpft, der allem Anschein nach nichts weiter war als ... der leere Innenraum eines ausgeschlachteten Busses.

Plötzlich erkannte Nate den Geruch oder vielmehr das Fehlen aller Düfte. Der Bus roch steril. Die Gerüche waren verschwunden.

Verwirrt kletterte Sandy hinein. »Was ist denn nun soooo schlimm, bitte schön?«

»Es ist so, wie sie sagt«, flüsterte Nate und folgte Sandy. »Alles, was sie besessen hat, ist weg.«

»Gestohlen?«

»Nein«, sagte Nate.

»Und warum flüsterst du?«, fragte Sandy. »Hier ist doch niemand.«

Deutlich entspannter stieg nun auch Richie in den Bus. »Kumpel, ich hab Erfahrung mit solchen Sachen: Es sieht aus, als wäre all ihr Zeug geklaut worden.«

»Niemand konnte die Dinge abtransportieren, die Lilli gehörten«, sagte Nate stirnrunzelnd.

»Woher weißt du denn, was sie hatte?«, fragte Sandy.

»Ich muss Lilli ein paar Fragen stellen«, sagte Nate schnell und sprang aus dem Bus.

Lilli wartete draußen, am Boden zerstört. Sie sah aus, als würde sie jeden Moment zusammenbrechen. Nate legte ihr die Hände auf die Schultern.

»Wo warst du, als das passiert ist?«, fragte er.

»Zoot und ich haben den Tag am Pike Place Market verbracht«, schluchzte sie.

»Könnte es sein, dass sich deine Dämonen vor dir verstecken, um dir einen Streich zu spielen? Pernikus macht das ständig mit mir.«

Sandy und Richie traten zu ihnen, um zuzuhören.

»Nein, nein, nein.« Lillie schüttelte den Kopf, so dass die Tränen nach links und rechts spritzten wie bei einem feuchten Hund.

»Hast du die Tür offen gelassen? Vielleicht sind sie ausgebüxt.«

»Nein. Sie waren gern bei mir. Die Wahrheit ist viel grauenvoller. Hör zu, ich kann es nicht erklären. Ich spüre es einfach.«

Sandy runzelte die Stirn. »Sie verschweigt dir etwas, Nate.«

»Was denn?«, fragte er.

»Ich weiß es nicht«, antwortete Sandy, »aber ihr beiden scheint ja mehr als nur ein Geheimnis zu haben.« Sie funkelte abwechselnd Nate und Lilli an.

»Sie ist ein Hüter«, sagte Nate unvermittelt.

»Wie bitte?!«

»Ihre Dämonen haben bei ihr im Bus gewohnt. Hauptsächlich harmlose visuelle und klangliche Manifestationen, aber dafür jede Menge von ihnen. Sie sind verschwunden.«

»Woher weißt du das alles?«

»Ich, äh … ich habe es gespürt. Du weißt schon, so wie es unter Hütern üblich ist.« Nate wich Sandys argwöhnischem Blick aus und wandte sich wieder Lilli zu. »Erzähl mir, was deiner Meinung nach geschehen ist. Ich kann dir nicht helfen, wenn du mir etwas verschweigst.«

»Doch, das kannst du«, sagte Lilli und starrte ins Leere; ihre bisher so lebendigen Augen waren ebenso farblos und leer war ihr ausgeräumter Bus.

»Wie denn?«, fragte Nate.

»Indem du mich bei dir übernachten lässt.«

14. Kapitel

Unliebsamer Besuch

Sandy stand starr auf der Veranda, Nate lehnte beklommen am Türrahmen. Lilli war schon hineingegangen und wartete in der Eingangshalle auf ihn.

»Nate«, sagte Sandy, »von allen schlechten Ideen gehört diese definitiv zu den zehn schlechtesten.«

»Welche Idee denn?«

»Dass sie bei dir übernachten soll.«

»Ich helfe einer Freundin.«

»Du lässt einen vagabundierenden Hüter bei dir schlafen, der gerade all seine Dämonen verloren hat.« Sandy schüttelte den Kopf. »Mann, ich höre mich ja schon an, als hätte ich nicht mehr alle Tassen im Schrank.«

»Doch, hast du«, beruhigte Nate sie. »Geh nach Hause. Wir sehen uns morgen.«

»Ich bin ganz früh zurück …«, kündigte Sandy an.

Mit einer Handbewegung bedeutete Nate der Tür, sich zu schließen.

PENG!

Er wandte sich zu Lilli um. Plötzlich waren sie allein. Nate merkte, dass er sie anstarrte.

»Tut mir leid, dass du alle deine Freunde verloren hast«, sagte er. Lilli zuckte zusammen, und er wusste sofort, dass er das Falsche gesagt hatte. »Aber wenn du möchtest, werde ich dein Freund sein«, fügte er rasch hinzu.

»Danke«, murmelte Lilli und schaute sich um. Sie konnte Nates Dämonen sehen – den senffarbenen Teppich, der ahnungslosen Gästen ein Bein stellte, den wackeligen laufenden Beistelltisch und den Kronleuchter, der Big-Band-Lieder aus dem Ballsaal klimperte, in dem er vor fünfzig Jahren gehangen hatte.

Nate sah, dass sie noch nicht bereit war zu reden, und führte sie zum Flur.

Zoot trottete ihnen nach und blickte sich neugierig um. Während Lilli und Nate davongingen, bildete der indische Teppich einen Wulst unter einem von Zoots Clownsfüßen. Der kleine Kerl purzelte zu Boden, und sein birnenförmiger Körper kullerte durch die Eingangshalle.

Nikolai kam angerannt, stoppte Zoot wie einen Fußball und versetzte ihm einen sanften Tritt. Der pummelige Dämon kullerte über den Teppich zurück und prallte gegen die Haustür. Pernikus hielt sich vor Lachen den Bauch, während Zoot hin und her rollte und versuchte sich aufzurappeln.

Hi-hi-hi-hi-hi!

Zoot rammte seinen Dreizack in den Holzfußboden und zog sich hoch, während Nik und Pernikus kichernd durch die Eingangshalle tobten. Zoot blickte ihnen funkelnd nach und watschelte am Teppich und an den beiden Gehilfen vorbei, um den Hütern zu folgen. Dabei hielt er ihnen lässig den Dreizack entgegen und sprenkelte sie von Kopf bis Fuß mit gelben Farbtupfern.

Als Zoot um die Ecke verschwand, sahen Nik und Pernikus sich an. Sie prusteten los und zeigten auf die gelben Punkte des anderen. Dann blickten sie an sich selbst hinab und stellten fest, dass sie beide mit den Tupfern übersät waren. Sofort erstarb ihr Gekicher.

»Ich habe noch nie so viele Dämonen an einem Ort gesehen«, sagte Lilli leise.

Nate war froh, dass sie wieder sprach. Sie hatte ihm nur einsilbige Antworten gegeben, seit sie den leeren Anhänger verlassen hatten. Vielleicht konnte er sie zum Reden bringen, dachte er.

»Das ist nicht meine persönliche Sammlung«, sagte er. »Meine Vorgänger haben sie über mehrere Jahrhunderte zusammengetragen. Ich bin nur derjenige, der gegenwärtig für ihren Schutz verantwortlich ist. Und heute Nacht auch für deinen. Ist alles in Ordnung mit dir?«

»Nein«, sagte sie und ging weiter.

Nate trottete ihr nach und versuchte es erneut. »Sei vorsichtig mit dem Spiegel in der Eingangshalle«, warnte er sie. »Wenn man nicht hinschaut, zeigt er einen in Unterwäsche.«

Während sie weitergingen, erklärte er ihr die anderen

sonderbaren Möbelstücke, beeilte sich, ihr jede Tür zu öffnen, und verscheuchte heimtückische Dämonen, die versuchten, Lilli ein Bein zu stellen, sie zu erschrecken oder sie anzuspringen, um sich in ihren wilden Locken zu verheddern. Er klaubte den alten, in der Mitte mit Klebeband umwickelten Besen auf, um damit einen marodierenden Kaugummiklumpen abzulenken, der zuerst versuchte, sich an Lillis Schuhsohle zu heften, und dann, als sie ihm instinktiv auswich, auf ihren Kopf zuschnellte. Nate traf ihn mitten im Flug und beförderte ihn rückwärts durch den Flur. Der dämonische Kaugummi war dafür bekannt, sich an Schuhsohlen oder im Haar festzusetzen, obwohl er Letzteres für gewöhnlich tat, während seine Opfer schliefen.

Sie gingen an den zänkischen Wandmasken vorbei, die Lilli bewundernd nachpfiffen.

»Hört auf damit!«, zischte Nate. »Für so etwas ist sie im Moment nicht empfänglich.« Er hielt der Holzmaske den Mund zu und schob Lilli an den beiden vorbei und um die Ecke herum, wo Dhaliwahls Wandgemälde von skelettartigen, schmerzerfüllt wimmernden Gestalten hingen.

»Ölgemälde«, sagte Lilli und fühlte sich augenblicklich wieder an ihren schrecklichen Verlust erinnert. Sie blieb stehen und starrte die Bilder an.

Nate störte sie nicht in ihren Betrachtungen.

»Wunderschön und so traurig«, sagte sie und ließ sich in den Bann der makabren Gestalten und düsteren Farben ziehen, als könnten sie einen Teil ihres Schmerzes absorbieren. »Sie strahlen etwas Schuldbewusstes aus, dunkle Geheimnisse.«

»Ich weiß«, sagte Nate. »Obwohl ich mit zahllosen Dämonen zusammenlebe, sind mir diese Bilder noch immer unheimlich.«

»Wer hat sie gemalt?«

»Mein Vorgänger. Ich glaube, er hat darunter gelitten, dass er seinen eigenen Lehrmeister mit einem menschenfressenden Ungeheuer im Keller eingesperrt hat.«

Lilli blickte nervös über die Schulter.

»Ist eine lange Geschichte«, sagte Nate. »Geh einfach nicht in den Keller. Die Sache ist die, es war nicht seine Schuld. Er musste es tun. Wahrscheinlich wirkt das Bild deshalb so schuldbewusst.« Nate deutete auf ein Gemälde, das einen Jungen zeigte, der sich verzweifelt gegen eine Tür stemmte.

»Das Gleiche gilt für dieses hier«, sagte Lilli, als sie weiterging und vor ein anderes Bild trat. »Das hier mit dem zerstörten Segelboot.«

Ihr Rundgang führte sie durchs Speisezimmer, wo sie den ruhelosen Klauenfüßen des massiven Esstischs gegenüber respektvoll Abstand hielten, um nicht aus dem Tritt zu geraten.

»Was glaubst du, warum können wir die Dämonen sehen?«, fragte Lilli zerstreut.

»Ich denke, es kommt daher, wenn man unter chaotischen Umständen aufwächst«, sagte Nate, »aber das allein reicht nicht. Jemand muss einen darauf hinweisen, dass die verrückten Dinge, die man erlebt, nicht normal sind. Dann erkennt man ihr wahres Wesen. Mir hat es Dhaliwahl erklärt.«

Sie gingen ins Arbeitszimmer. Die Couch rückte schnell genau an die falsche Stelle, und ein kleiner Schwarm von Taschenbüchern flatterte zum Bücherregal und türmte sich darin zu einem unordentlichen Haufen auf.

Nate deutete auf den Kamin, wo die Urnen mit der Asche der verstorbenen Dämonenhüter standen. »Meine Vorgänger.«

Er stand schweigend daneben, während Lilli sanft über die Gefäße strich und das Karma der Verblichenen erspürte. Er sah, wie sich bei jeder Urne, die sie berührte, ihr Gesichtsausdruck veränderte.

»Die hier ist leer«, sagte sie.

»Yatabe der Wanderer«, erklärte Nate. »Er wurde aufgefressen.«

Lilli zuckte zusammen und ließ das Gefäß los. Während sie sich nach oben reckte und die letzte, Dhaliwahls Urne berührte, bemerkte Nate das große Tattoo, das zwischen Blusensaum und Rockbund wie ein Graffito auf ihre helle Haut gekritzelt war. Es sah aus wie eine Großstadtsilhouette vor einer Sonne, die unter dem Rock aufging. Doch während er daraufstarrte, veränderte sich das Bild. Die Sonne schien dunkler zu werden und unterzugehen, anstatt aufzusteigen, und er nahm an, dass er das Tattoo zuerst wohl aus dem falschen Blickwinkel betrachtet hatte.

»Es ist spät«, sagte Lilli, und als sie über die Schulter blickte, sah sie, dass Nate ihren Rücken betrachtete. Rasch drehte sie sich um.

Nate zuckte entschuldigend mit den Schultern, aber es half nicht. Selbst bei ihm zu Hause fühlte sie sich nicht sicher und unbefangen.

»Wo soll ich schlafen?«, fragte sie.

15. Kapitel

Mobilmachung

Als Lilli am nächsten Morgen aufwachte, stand Nate an ihrem Bett.

»Wie geht's dir?«, fragte er.

»Ein bisschen besser, glaub ich«, sagte sie. »Tut mir leid, dass ich gestern so –«

Nate winkte ab. »Du brauchst dich nicht zu entschuldigen. Du hattest einen harten Tag. Gut geschlafen?«

»Na ja, ich hatte einen komischen Traum, in dem Richie in meinem Zimmer Fischinnereien unters Bett gekippt hat.«

»In deinem *Zimmer*?«, fragte Nate.

Sie setzte sich auf. Das Bett stand mitten in der Eingangshalle auf dem indischen Beinsteller-Teppich. »Oh«, hauchte Lilli, »das ist ja abgedreht.«

»Es ist ein Schlafwandler-Bett«, erklärte Nate. »Wenn man es benutzt, muss man aufpassen, wo man am nächsten Morgen aufwacht. Es hat Richie ganz schön schikaniert, deshalb war er froh, auf der Couch schlafen zu können, aber ich nahm an, dass es dich mögen und nicht an einen allzu gefährlichen Ort schleppen würde. Komm, Zeit fürs Frühstück.«

Kurz darauf hockten Nik und Pernikus auf dem Küchentisch und starrten auf Lillis Essen. Die beiden Dämonen schienen sie nicht zu stören, bis Nik einen besonders lauten Rülpser ausstieß und Pernikus eine klebrige grüne Schleimladung auf ihren Teller schnaufte. Sie lehnte sich zurück und legte die Gabel hin. Die Dämonen sprangen vor.

»Pernikus!«, schimpfte Nate und ließ eine Hand auf den Tisch herabsausen. »Tut mir leid. Das hat er mit Absicht getan, um dein Essen zu bekommen.«

Lilli schob den Teller weg. »Schon gut. Wenn er so hungrig ist, dann soll er es ruhig haben.«

»Er ist immer hungrig«, grummelte Nate, »und wenn man ihn in seinem schlechten Benehmen bestärkt, dann wird es nur schlimmer.« Aber es war zu spät: Pernikus stand bereits in ihrem Essen und schaufelte sich mit seinen feingliedrigen Klauen Bratkartoffeln in den Mund, während Nikolai sich ihr Spiegelei zwischen die Lippen stopfte und Eigelb auf den Tisch kleckerte.

»Was sind die beiden eigentlich?«, fragte Lilli.

»Chaos. Wie deine lebenden Kunstwerke, nur eben keine … Kunst. Nikolai ist ein dämonischer Kraftprotz, nicht besonders feinfühlig.« Nik schlürfte gierig aus einem Becher. Während er noch trank, zerbrachen seine übergroßen Hände das Gefäß, und die Milch vereinigte sich mit dem Eigelb auf dem Tisch und bildete ein gelblich weißes Rinnsal, das über die Tischkante lief und zu Boden tropfte. Mit seiner langen Zunge leckte Nik sich die Milchspritzer vom gelb beklecksten blauen Fell.

»Pernikus ist die dämonische Inkarnation unliebsamer Überraschungen«, sagte Nate. »Er ist einer meiner Gehilfen.«

Der kleine Hauskobold blickte auf. Rotz und Bratkartoffelstücke klebten an seiner hundeartigen Schnauze.

»Soll ich dir etwas anderes zu essen machen?«, fragte Nate.

»Ich habe keinen Hunger mehr«, erwiderte Lilli, während Zoot, der auf ihrer Schulter saß, angewidert das Gesicht verzog.

»Nik gehört auch zu meinen Gehilfen. Er ist sehr treu. Ich hatte noch einen dritten Helfer, aber …« Nate seufzte.

Lilli nickte und ergriff das Wort, so dass er es nicht zu erklären brauchte. »Zoot ist mein Gefährte und mein Gegenstück«, sagte sie. »Mein Yang, wenn du weißt, was ich meine. Ich bin zurückhaltend, er ist ungestüm. Ich bin sanft, er ist wild. Ich bin schlank, und er ist …« Zoot nickte eifrig und rieb sich den dicken Kugelbauch. »Ich glaube, du verstehst, worauf ich hinauswill«, sagte sie.

»Er scheint mir auch sehr treu zu sein«, bemerkte Nate.

»Er war bloß ein Haufen weggeworfener Farbsprühdosen, als ich ihn fand, und ich war bloß ein kleines Mädchen, das gern auf Schrottplätzen herumgestöbert hat.«

Sie stand auf. »Apropos Schrottplätze, ich muss heute meinen Anhänger umstellen. Mein VW kann ihn nicht mehr ziehen, nach dem, was geschehen ist.«

»Warum?«

»Keine positive Energie mehr. Es waren ganz besondere Fahrzeuge, die irgendjemand mitten in der Stadt stehen gelassen hatte. Ich habe ihre außergewöhnlichen Eigenschaften erkannt und sie vor dem Schrottplatz gerettet. Für mich waren sie einzigartig.« Sie seufzte. »Jetzt sind sie nichts Besonderes mehr. Kennst du zufällig jemanden, der einen Abschleppwagen besitzt?«

Nate klopfte an Mr. Neebors Tür. Er mochte den Mann nicht und begegnete ihm nur ungern. Aber er tat es für Lilli. Er tat eine ganze Menge für sie. Er redete sich ein, dass er ja nur einer Freundin einen Gefallen tat, und als Neebor nicht sofort zur Tür kam, ignorierte er sogar den Impuls, sich über sein Glück zu freuen und wieder zu gehen. Stattdessen klopfte er noch einmal.

Plötzlich öffnete sich die Tür, und Neebor streckte den glänzenden kahlen Kopf heraus wie ein scheuer Seehund, der aus dem Wasser auftaucht.

»Nimm dich vor den Brombeeren in Acht!«, warnte der Mann und blickte nach rechts und links. Seine Fußknöchel und Hände waren mit mehreren Mullbindenlagen umwickelt.

»Mr. Neebor«, sagte Nate, »steht der alte Abschleppwagen noch in Ihrer Garage?«

Neebor runzelte die Stirn, nickte aber. »Ja. Warum?«

»Wir brauchen Ihre Hilfe.« Nate trat zur Seite, und Lilli lächelte seinen ältlichen Nachbarn an.

Nate sah, wie der argwöhnische Blick des Mannes unter Lillis Lächeln dahinschmolz.

»Ich hole meinen Mantel«, sagte Neebor.

Kurz darauf waren sie an der Brücke. Lillis Käfer und der Anhänger standen leblos am Bordstein. Sie hat recht, dachte Nate – die beiden Fahrzeuge wirkten wie tot. Die fröhliche Energie des geblümten Autos und die freche Ausstrahlung des knallbunten Anhängers hatten sich irgendwie verflüchtigt – als hätte man ihnen das Blut ausgesaugt. Jetzt waren es nur noch alte, verrostete, mit Graffiti beschmierte Fahrzeuge.

Neebor fuhr den Abschleppwagen vor den Anhänger. Stotternd und rumpelnd setzte das Fahrzeug zurück. Auf dem Führerhaus war eine verblasste Fußskulptur befestigt, deren bröckelige Gipszehen über die Windschutzscheibe herabhingen wie schlaffe Haarsträhnen und dem Fahrzeug ein trauriges, erschöpftes Aussehen verliehen.

Lilli gefiel der Wagen. »Sieht toll aus.« Sie klatschte in die Hände. »Er hat Persönlichkeit.«

»Hab ihn bei einer Auktion praktisch für umsonst gekriegt«, sagte Neebor stolz. Er drückte einen Hebel, um die Winde herabzulassen, und zog die Handbremse an. »Hab ich besorgt, als der alte Ed Lincoln den Schrottplatz in der Innenstadt geschlossen hat. Ich war oft dort und bin über den Zaun geklettert, um in irgendwelchen Wracks zu spielen, bevor sie platt gedrückt wurden. Ist ein authentisches Erinnerungsstück aus dem alten Seattle.«

Die Winde ruckelte und rumpelte laut. Metall kratzte über Metall; es quietschte dermaßen, dass Nate sich die Ohren zuhalten musste.

»Das Ding ist leider ziemlich ausgenudelt«, entschuldigte sich Neebor.

»Das stimmt nicht«, sagte Lilli, während die Winde ächzte. »Hören Sie doch, wie sie spricht. Sie erzählt Geschichten aus der guten alten Zeit. Sie hat einen starken Charakter, so wie der Fahrer des Wagens.«

Neebor stieg aus, um den Anhänger einzuhaken, und Nate beobachtete überrascht, wie der Alte etwas tat, das er ihn noch nie hatte tun sehen: Der Mann lächelte.

»Du hast dir gerade eine Gratis-Abschlepptour verschafft, Mädchen«, sagte er.

Sandy stand auf Nates Veranda und hämmerte an die Haustür. »Lass mich rein, du blödes Ding!«

Schließlich öffnete sich die Tür einen Spaltbreit, und Lilli spähte hinaus. Sie sah, dass es Sandy war, und winkte der Tür zu. »Ist gut, sie ist in Ordnung«, sagte Lilli, und die Tür schwang auf.

»Natürlich bin ich *in Ordnung*«, schimpfte Sandy. »Aber ich frage mich, ob jemand der Tür aufgetragen hat, eine bestimmte Person nicht hereinzulassen, bis jemand ihr sagt, dass die Person ›in Ordnung‹ sei, und ob sie diese erst dann hereinlassen darf?«

»Hä?«, machte Lilli.

»Schon gut. Was soll's …« Sandy räusperte sich. »Ist Nate da?«

In dem Moment kam Nate die Treppe herunter. »Ich habe es Klopfen gehört.« Er sah Sandy. »Oh, hallo.«

»*Hallo*«, sagte Sandy und zwängte sich an Lilli vorbei. »Hast du heute schon einen Blick in die Zeitung geworfen?«

»Nein.«

»Dann ist es ja gut, dass ich es getan habe.« Sie warf ihm die Zeitung zu. »Eine eingestürzte Hochstraße und ein niedergebranntes Lagerhaus«, sagte sie, bevor er Gelegenheit hatte, es selbst zu lesen. »Es hat Tote gegeben.«

»Tote?«, stieß Nate hervor.

Sandy zog das *Dämonenhüter-Kompendium* aus dem Rucksack, als Richie hereinkam.

Nate ließ sich auf einen Stuhl fallen. »Feuer und Einstürze«, stöhnte er. »Das sind Zunder und Kail.«

»Ich werde im *Kompendium* nach ihren Namen suchen«, sagte Sandy. »Vielleicht finden wir so ja mehr über die beiden heraus.«

»Und das dritte Unglück?«, meldete sich Lilli zu Wort.

»Wie bitte?«, fragte Sandy, verärgert über die Unterbrechung.

»Es heißt doch, dass immer *drei* Unglücke nacheinander geschehen.«

»Das ist ein Märchen«, sagte Sandy. »Nate, warum sitzt sie immer noch hier herum?«

»Sie hilft mir«, antwortete er. »Sie gehört jetzt zum Team.«

Sandy schäumte vor Wut. »Wer hat das beschlossen? Wieso war ich nicht bei der Abstimmung dabei?«

Nate ignorierte die Fragen. Er war viel zu sehr mit seinen Selbstvorwürfen beschäftigt, weil es ihm nicht gelungen war, die zerstörerischen kleinen Dämonen des Dürren Mannes nach der Schlacht der Gehilfen wieder einzufangen. Und er nahm an, dass sie inzwischen auch längst nicht mehr so klein waren. Er schlug die Zeitung auf und betrachtete ein Foto von dem Chaos im Stadtzentrum – das lodernde Feuer im Lagerhaus. Auf einem anderen Foto sah man Betontrümmer und zerquetschte Autos vor dem eingestürzten Viadukt am Hafen. Nate zuckte zusammen. Auf dem Bild konnte er die verborgenen Dämonen des Dürren Mannes erkennen.

Richie schaute ihm über die Schulter. Nate wusste, dass sein Lehrling sie ebenfalls sehen konnte. Für den ungeübten Betrachter fügten sie sich perfekt in das Bild ein, aber für die jungen Hüter stachen sie heraus wie Figuren in einem 3-D-Film.

»Da sind sie«, sagte Nate mürrisch. »Kommt, wir können sie nicht einfach mitten unter der Menschheit wüten lassen – sie sind jetzt zu gefährlich.«

»Das könnte meine erste Gefangennahme in freier Wildbahn werden«, grinste Richie.

»Du bist noch nicht so weit, es mit Zunder oder Kail aufzunehmen«, sagte Nate. »In der Freiheit sind sie zu lebensgefährlicher Größe angewachsen. Sie gehören jetzt zur ersten Ebene. Ich werde mich um sie kümmern. Du bleibst einfach in meiner Nähe und beobachtest mich, und bitte tu, was ich sage.« Nate wandte sich um. »Gehilfen! Alle sofort zu mir!«

Nik und Pernikus kamen ins Zimmer geflitzt.

»Richie, steck Pernikus in die Tasche. Nik packe ich in die Box.«

Nate zog die viereckige apfelgroße Knobelbox heraus und drehte den Deckel erst in die eine, dann in die andere Richtung. Nik schaute stirnrunzelnd zu. Es gefiel ihm nicht besonders, sich in den kleinen Kasten hineinzwängen zu müssen, aber Nate konnte ihn auf diese Weise leicht transportieren. Die Knobelbox war ein machtvolles Dämonenhüter-Werkzeug zum Fangen und Aufbewahren von Chaos, aber man konnte darin auch gut seine Gehilfen herumtragen. Nik trat heran und verzog das Gesicht. Die schwarze Leere im Deckel zupfte an seinem Fell, dann saugte sie ihn plötzlich auf wie ein Staubsauger.

»Wow«, staunte Lilli.

»Ein unbezahlbares Artefakt«, erklärte Nate. »Es zieht Chaos hinein, verdichtet es und bewahrt es auf.«

»Ich möchte dich begleiten, Nate«, sagte sie. »Ich kann dir helfen. Ich nehme Zoot mit.«

»Wer ist *das* denn?«, fragte Sandy.

Das Muster ihrer Bluse verschwamm. Plötzlich löste Zoot sich mit einem leisen *Plopp* aus dem Stoff, sprang zu Boden und lächelte zu Sandy hinauf.

»Hat mir dieses hässliche fette Ding etwa die ganze Zeit auf der Brust geklebt?«, fragte sie und tastete sich fieberhaft ab, um sicherzustellen, dass nicht weitere sonderbare Wesen an ihr hafteten.

Stirnrunzelnd blickte Zoot in den Wandspiegel. Er

reckte den Kugelbauch vor, wackelte mit den Augenbrauen und schien dann zu dem Schluss zu kommen, dass er weder fett noch hässlich war. Er richtete den Dreizack auf Sandy.

»Nicht, Zoot«, sagte Lilli, und er ließ die Waffe widerwillig sinken.

»Okay, Lilli, du kannst mitkommen«, sagte Nate.

»Was ist mit mir?«, fragte Sandy.

»Du bleibst hier«, antwortete Nate.

»Warum?«

»Du bist kein Hüter.«

»Ich habe dir mit dem Troll geholfen.«

»Du hast nur eine Ziege über die Brücke geführt«, sagte Nate.

»Ja«, fügte Richie hinzu, »das war Hirni-Arbeit.«

»*Du* bist ein Hirni«, murmelte Sandy.

»Wir bekommen es mit zwei Dämonen der ersten Ebene zu tun«, fuhr Nate fort. »Ich möchte nicht, dass du verletzt wirst.«

»Aber ich habe dir schließlich Bescheid gesagt!«

»Genau. Und es wäre schön, wenn du hierbleiben und weiter aus dem *Kompendium* übersetzen würdest, so dass wir vielleicht noch etwas Wissenswertes erfahren.«

»Ihr wisst doch gar nicht, wo ihr anfangen sollt, nach ihnen zu suchen.«

»Am eingestürzten Viadukt?«, schlug Richie vor.

»Im Lagerhaus?«, sagte Lilli.

»Die sind beide schon zerstört«, sagte Sandy. »Ich wette, eure Dämonen sind längst über alle Berge.«

»Und was glaubst *du*, wo sie stecken?«, fragte Nate.

Sandy, die wütend und beleidigt war, fragte sich, ob sie ihnen überhaupt noch helfen sollte. Schließlich holte sie tief Luft. »Für Kail versucht es an der Seattle-Tacoma-Verwerfungslinie. Sie wurde im siebzehnten Jahrhundert bei dem großen Cascadia-Erdbeben destabilisiert, und eine verzweigte Spalte verläuft noch heute mitten durchs Stadtzentrum, direkt unter der Space Needle. Ein heimtückischer Spalterdämon dürfte sich dort wie zu Hause fühlen.«

»Danke«, sagte Nate rasch. »Richie, Lilli, wir brechen auf.«

Gleich darauf waren die drei verschwunden. Sandy sank mit dem *Dämonenhüter-Kompendium* auf dem Schoß in einen weichen Ohrensessel; sie war zutiefst betrübt. Die Rückenlehne des Sessels beugte sich knirschend vor, um ihre Schultern zu massieren.

»Danke«, sagte Sandy. Dann tat sie, was sie immer tat, wenn es ihr schlecht ging: Sie atmete tief durch, nahm das Buch Trost suchend in den Arm wie ein geliebtes Stofftier und begann zu lesen.

16. Kapitel

Kail

Zu Hause in der von Rissen durchzogenen Erde unter Seattle, war Kail stark geworden. Er kam unter der Oberfläche mühelos voran, dort, wo vor mehr als hundert Jahren das Sumpfland mit lockerer Erde und Abraum aufgeschüttet worden war, um neuen Boden für Seattles Hafenviertel zu gewinnen.

Nun aber konnte ihn seine Körperkraft nicht mehr schützen, und er fühlte sich in seinem neuen Lebensraum nicht mehr sicher. Kail fürchtete sich nur vor wenigen Dingen, aber das Wesen, das sich hinter ihm fieberhaft durch die Erde wühlte, machte dem Spalterdämon gewaltige Angst.

Zahllose Abwasserrohre durchzogen Kails unterirdisches Reich, und in seiner Hast bohrte er sich unversehens in das altersschwache Material eines Hauptrohres und sprengte es.

Oben waren gerade Dutzende von Kindern in Fußballtrikots dabei, in Dick's Drive-in-Restaurant Hamburger zu bestellen. Da schoss auf einmal eine Fontäne aus dem Boden und katapultierte zwei Mittelfeldspieler und den Torwart Hals über Kopf in die Milchshake-Maschine. Dort blieben sie als benommener, mit Schoko-Eis und Klärschlamm besudelter Haufen liegen, während der Rest der Mannschaft einschließlich der Trainer schreiend hinausrannte.

Kail wurde vom Wasser mit an die Oberfläche gerissen, hatte aber keine Zeit, das heillose Durcheinander zu genießen. Das Wesen, das ihn verfolgte, war kein rehäugiger junger Hüter, sondern ein uraltes Geschöpf mit einem Mordshunger, und Kail riet sein Instinkt, in Bewegung zu bleiben und dem geheimnisvollen Verfolger um jeden Preis aus dem Weg zu gehen. Hüter, die das Chaos einfingen und es einsperrten, waren schon schlimm genug. Aber es gab Dinge, die waren noch viel, viel schlimmer.

Er überquerte die Straße, pflügte einen breiten Spalt in den Bürgersteig, der einen vorbeikommenden Radfahrer kopfüber in die nächste Mülltonne katapultierte. Er konnte seinen Verfolger jetzt ganz deutlich spüren. Kail wand sich durch den Asphalt wie eine Schlange durchs Gras und raste auf die Space Needle, Seattles hoch aufragenden Aussichtsturm, zu.

Nate, Richie und Lilli standen auf der Aussichtsplattform und blickten auf die Stadt und den Puget-Sund hinab. Nik, der unter Höhenangst litt, kauerte am Boden, während Pernikus anmutig auf dem Geländer herumbalancierte und zum hundertfünfundachtzig Meter unter ihnen liegenden Bürgersteig hinablächelte.

»Netter Ausblick, aber wonach suchen wir eigentlich?«, fragte Lilli.

Nate inspizierte die Straßen und Häuser. »Nach Rissen in Hauswänden und im Boden. Wenn Kail unter der Erde steckt, ist er in Sicherheit und praktisch unerreichbar. Wir müssen nach Hinweisen Ausschau halten, dass er an die Oberfläche gekommen ist.«

»Wie sollen wir denn von hier oben einen Bodenriss erkennen?«, maulte Richie. Er spuckte aus und sah zu, wie die Spucke in der Tiefe verschwand.

»He, was ist denn da drüben los?«, fragte Nate.

»Bloß eine Horde Kinder, die aus einem Restaurant stürmen«, sagte Richie. »Sieht aus wie eine Fußballmannschaft. Wahrscheinlich versucht jeder von ihnen, den Beifahrersitz im Minibus zu ergattern.«

Lilli tippte an Nates Arm. »Gibt es denn gar keine Möglichkeit, diesen ausgeflippten Spalterdämon zu besänftigen? Mit ihm zu reden?«

»Er ist dafür da, Dinge zu zerstören«, erwiderte Nate. »Man kann nicht mit ihm reden, und ich darf nicht zulassen, dass er mitten in Seattle sein volles Potenzial entfesselt.«

»Genau«, sagte Richie, »wir palavern nich mit dem Kerl, sondern zerren ihn aus dem Boden und treten ihm in die Eier.«

In diesem Augenblick schlug Richies Spucke auf dem Bürgersteig auf.

PLATSCH!

RA-BUMM!

Plötzlich ließ eine heftige Erschütterung den Aussichtsturm erbeben und warf die drei Gefährten zu Boden. Als das Rütteln aufhörte, sahen sie sich fragend an.

»War das meine Spucke?«, fragte Richie.

»Nein«, sagte Nate. »Seht mal!«

Das riesige Experience-Music-Project-Gebäude am Fuße des Turms bebte noch immer.

Neben dem schlanken eleganten Aussichtsturm nahm sich der hässliche, metallisch-bunte EMP-Bau dort unten wie ein großer Fleck Erbrochenes aus, der nun aber hin und her wogte und an allen Ecken ächzte. Dann brachen die Außenwände langsam auseinander. Sie sahen etliche Besucher ins Freie stürzen, aber für viele war es bereits zu spät. Ein gewaltiger Ruck fuhr durch den Bau, dann stürzte er ein, und zurück blieb ein undefinierbarer Haufen aus rauchenden Betontrümmern, verbogenen Metallteilen und unzusammenhängenden Farbflecken.

KRAAAAACH!

»Das ist Kail!«, sagte Nate. »Sandy hatte recht. Wir sind hier direkt über der Verwerfungslinie.«

In dem eingestürzten Gebäude waren noch Menschen, und Nate zuckte zusammen, als die letzten Eckpfeiler in einer riesigen Staubwolke, unter Geschrei und den Geräuschen berstenden Metalls in sich zusammensackten.

»Deshalb versuchen wir gar nicht erst, mit ihm zu reden«, sagte er zu Lilli.

»Wir müssen … sofort runter«, stammelte sie.

»Warum?«, fragte Richie, der die Verwüstung mit einer gewissen Faszination betrachtete.

Noch während sie sich unterhielten, raste Kail durch die Straße auf den Aussichtsturm zu und knickte einen der Stützpfeiler um.

»Weil Kail raufkommt«, sagte Lilli.

»Was?«, rief Richie. »Er greift uns an? Erkennt er uns denn? Ich dachte, er macht es sich lieber unter der Erde gemütlich!«

»Dieser Dämon ist nicht so wie die, die ich sehen kann«, sagte Lilli. »Ganz und gar nicht.«

»Du siehst eben nur das Schöne im Chaos«, sagte Nate. »Das hier ist das Gegenteil davon.«

Aber Lilli war bereits davongeschlichen, und als Nate und Richie nicht hinsahen, machte sie einen Satz in den Fahrstuhl.

»Wir warten hier oben auf Kail«, verkündete Nate. »Pernikus, bring mir die Box.«

Der Dämon huschte zu Nates Rucksack und zog die Knobelbox heraus. Nate nahm sie entgegen, den Blick nach unten auf die Stützpfeiler des Turms gerichtet.

»Wenn ich dicht genug an ihn herankomme, sauge ich ihn in die Box«, sagte er.

Der Aussichtsturm erbebte, als Kail den nächsten Pfeiler entzweibrach. Der Riss fuhr durch das Metall bis zu ihnen hinauf. Nun merkten auch die Gäste in dem rotierenden Restaurant, dass etwas nicht stimmte, und als der ganze Turm wie betrunken hin und her schwankte, schrien sie erschrocken auf.

Nate rief Anweisungen: »Nik! Wenn Kail in ein Bauteil des Turms eindringt, das du losreißen kannst, dann tu es, und trenne es ab. Richie, geh auf die Nordseite, und sag mir Bescheid, falls Kail aus dieser Richtung kommt!«

»Wie, ich bin bloß ein Späher?«, fragte Richie

»Du bist mein Lehrling. Jetzt geh auf die Nordseite! Pernikus, du gehst rüber auf die Westseite.«

Der kleine Hilfsdämon setzte sich augenblicklich in Bewegung. Richie zog eine Grimasse, folgte aber dessen Beispiel.

»Lilli …?«, rief Nate, bekam aber keine Antwort. »Lilli, ich brauche dich auf der Südseite!« Es hatte keinen Zweck. Sie hatte sich aus dem Staub gemacht.

Kail raste den Turm hinauf und zerstörte die östliche Stützkonstruktion, so dass die Space Needle in den aus der Bucht heranpeitschenden Windböen wild zu schwanken begann. Der Turm neigte sich zur Seite, bis er umzukippen drohte, dann schnellte er zurück, bekam Schwung.

Richie klammerte sich ans Geländer und beobachtete die Geschehnisse von seinem Posten auf der Nordseite der Aussichtsplattform aus. »Da kommt er! Kail rast nach Westen!«

Nate brüllte in den Wind. »Pernikus! Folge ihm!«

Der kleine Kobold trippelte Kail auf dem Geländer hinterher. Der Spalterdämon zog einen Riss rings um das rotierende Restaurant, das direkt unter der Aussichtsplattform lag. Fensterscheiben zerbarsten. Erschrockene Gäste drückten sich schutzsuchend aneinander, zu verängstigt, um zu den ohnehin schon überfüllten Fahrstühlen zu gelangen. Pernikus blieb stehen und zeigte mit seinem auf drei Meter Länge gedehnten Gummiarm dorthin, wo Kail als Nächstes hinrasen würde – zur Südseite.

»Verflixt«, schimpfte Nate. »Dort steht niemand. Ich sehe nicht, wo er hin ist!«

Kail befand sich irgendwo unterhalb der Plattform und legte eifrig das Restaurant in Trümmer. Nate konnte ihn hören, mehr noch, er konnte ihn unter sich *spüren*, aber von dort oben kam er nicht an Kail heran.

Er überlegte nicht lange, sonst hätte er den nächsten Schritt nicht gewagt, weil es einfach zu grauenhaft war. Er nahm Anlauf und hechtete über das Geländer ins Fangnetz, das rings um die Plattform angebracht war, um potenzielle Selbstmörder vom Sprung in die Tiefe abzuhalten.

Als Nächstes fand er sich hundertachtzig Meter über der Erde als verrenktes Bündel in einem Wirrwarr aus Seilen wieder. Als er nach unten schaute, musste er einen plötzlichen Brechreiz bezwingen. Er hatte sich verheddert und konnte sich nicht bewegen, aber das war egal. Denn jetzt kam Kail ihm entgegen.

Der Spalterdämon raste in eine der Streben hinein, die das Fangnetz hielten.

KNACK!

Das Netz sackte ab, und die Erde rutschte drei Meter näher. Nate fummelte an der Knobelbox herum und versuchte fieberhaft, sie zu öffnen, während sein linkes Bein zwischen den Seilen in die jähe Tiefe hinabhing, unter ihm nichts mehr, was ihn auffangen würde.

Er riss die Schachtel hoch und presste sie an die Metallstrebe, durch die Kail angerast kam. Der kleine Behälter begann zu zischen und den Dämon durch das Metall anzusaugen. Kail warf sich hin und her, stemmte sich dagegen. Aber dann gab er plötzlich allen Widerstand auf, als wolle er sich seinem Schicksal ergeben. Die Knobelbox nahm den Spalterdämon mühelos auf, und Nate schraubte schnell den Deckel zu.

Ein grauenvolles Ächzen und Knirschen ließ Nate zusammenfahren. Die angebrochene Strebe, die das Fangnetz hielt, riss aus der Verankerung und neigte sich in die Tiefe. Das Netz sackte ab. Plötzlich tauchte Nik über Nate auf. Der dämonische Kraftprotz packte die Strebe und hielt sie fest, während Pernikus einen drei Meter langen Arm nach Nate ausstreckte und ihm half, sich wieder in Richtung Aussichtsplattform zu hangeln.

Nate packte die elastische Hand seines Gehilfen und zog sich mit einem Ruck in eine aufrechte Position. Er entwirrte seine Glieder aus den Seilen, dann stieg er an dem Netz wie auf einer Leiter nach oben. Aber dann konnte Nik die abgebrochene Strebe nicht mehr festhalten. Das Netz verschwand unter Nate, und im letzten Moment bekam er das Geländer zu fassen. Der schwere Metallträger und das Fangnetz stürzten der Erde entgegen, während Nate sich mit den Fingerspitzen am Geländer festklammerte.

»Wie wäre es mit ein bisschen Hilfe?«, stöhnte er.

Pernikus schlang den Arm zweimal um Nates Handgelenk, und Nik zog den Kobold zu sich heran. Richie packte mit an, als Nates Hände sich vom Geländer lösten, und als verkeiltes Bündel aus Dämonen und Hütern hievten sie Nate zu dritt auf die Aussichtsplattform zurück.

Richie und Nate fuhren im Fahrstuhl nach unten; sie waren ganz ruhig inmitten der verängstigt wimmernden und schreienden Besucher des schwankenden Aussichtsturms. Pernikus lugte aus Richies Tasche, während Nik sich in Nates Rucksack versteckte.

»Ich verstehe, warum sie weggelaufen ist«, sagte Nate.

»Das war echt schwach von ihr«, erwiderte Richie.

»Sie ist es nicht gewohnt, die hässliche Seite der Dämonen zu sehen«, erklärte Nate.

»War trotzdem schwach.«

»Du begreifst es nicht. Sie betrachtet die Dinge aus einem anderen Blickwinkel.«

»Ich sag's noch mal«, entgegnete Richie, »das war eine ganz schlappe Nummer von ihr.«

»Das reicht.«

»Hey, am Anfang hab ich sie auch cool gefunden«, sagte Richie, »aber nur, weil du scharf auf sie bist, wird sie nich automatisch zu –«

»Du hältst jetzt besser die Klappe«, blaffte Nate.

Richie funkelte ihn an. »Wenn wir nich bei der Arbeit sind, hast du mir gar nichts zu sagen.« Er machte eine Pause, dann fügte er hinzu: »Sandy stiehlt sich nich davon, wenn's brenzlig wird.«

Nate schäumte vor Wut, aber zum Streiten war keine Zeit. »Als Nächster ist Zunder dran«, sagte er. »Ich brauche einen Helfer, selbst wenn mir dessen Haltung nicht gefällt. Bist du dabei?«

»Ich bin immer dabei, wenn ich einem Dämon in den Hintern treten kann«, antwortete Richie.

»Kein Treten. Du sollst mir nur ein bisschen helfen.«

Die Fahrstuhltür öffnete sich. Vor ihnen stand eine Wand aus Reportern, die sich um das abgestürzte Fangnetz und die Metallstrebe scharten.

»Lass dich nicht fotografieren«, sagte Nate und hielt den Kopf gesenkt.

Aber Richie stellte sich bereits für einen Schnappschuss in Positur. Nate packte ihn, um ihn fortzuzerren, als die Reporter auf sie zutraten. Er deutete himmelwärts. »Vorsicht, Leute, da kommt gleich noch was runter!«

Die Reporter schauten nach oben, dann wichen sie zurück wie eine verängstigte Schafherde.

»Unsinn«, sagte ein Mann in wichtigtuerischem Tonfall. Er blickte von seinem Notizblock auf. Es war Calamitous. Nate zerrte Richie in die entgegengesetzte Richtung. Calamitous blieb ihnen auf den Fersen.

»Keine schlechte Idee, die kleine Notlüge«, kicherte er.

»Halt die Klappe, Mann«, fauchte Richie, ohne nachzudenken. »Wir waren oben, als das Zeug runterkam.«

»Aha!« Calamitous klatschte in die unförmigen Hände. »Dacht ich's mir doch, dass ihr was damit zu tun habt. War mir klar, als ich die schnucklige Kleine rauskommen sah.«

»Schnucklig?«, fragte Nate.

»Ja. Die im bunten Kleid. Sie ist immer zur Stelle, wenn es irgendwo Chaos gibt. Und ihr seid immer in ihrer Nähe. Nicht wahr? Ihr wisst, wer dafür verantwortlich ist, stimmt's? Habt ihr ihn gesehen? Wo steckt er? Ist er noch da oben?« Calamitous kritzelte genauso schnell auf seinen Block, wie er redete; nur wenn er in die Luft schnüffelte, machte er eine kurze Pause.

Nate schob sich an ihm vorbei und zog Richie hinter sich her. »Lassen Sie uns in Ruhe«, sagte er drohend.

»Kein Problem«, erwiderte Calamitous und deutete grinsend auf einen Feuerwehrwagen, der mit heulender Sirene an ihnen vorbeiraste. »Ich weiß sowieso schon, wo ihr jetzt hinwollt.«

17. Kapitel

Löscheinsatz

Sandy fuhr Nate und Richie durch den Stop-and-go-Verkehr zum Pioneer Square, wo es von Feuerwehrautos nur so wimmelte.

»Ich habe auf deinen Anruf gewartet und währenddessen aus dem Buch übersetzt«, sagte Sandy. »Schön, dass du dich gemeldet hast.«

»Du hattest recht mit Kail«, gab Nate zu. »Wir haben ihn auf der Verwerfungslinie entdeckt.«

»Ja!« Sandy ballte die Faust. »Ich wusste es.«

»Du hattest auch mit vielen anderen Dingen recht«, sagte Nate. »Tut mir leid, dass wir dich nicht mitgenommen haben. Es wäre schön, wenn du uns bei Zunder helfen würdest.«

»Wo ist denn das Müsli-Mädchen?«, fragte Sandy und kniff die Augen zusammen.

»Ich weiß nicht«, sagte Nate. »Aber etwas ist eigenartig.«

»Ja. Lilli.«

»Nein. Ich meine, es ist eigenartig, dass Kail geradewegs zu uns nach oben gerast kam. Er verließ den Erdboden und schoss augenblicklich das höchste Gebäude hinauf, das er finden konnte, fast so, als würde er vor irgendetwas fliehen.«

»Wovor sollte sich ein Spalterdämon denn fürchten?«, fragte Richie von hinten.

»Vor einem offenen Gewässer?«, schlug Nate vor. »Das lässt sich nicht entzweibrechen. Aber das war es nicht.« Nate dachte einen Moment lang über das Rätsel nach, dann gab er auf. »Und das ist nicht unser einziges Problem. Da ist immer noch dieser seltsame Reporter, der die Existenz von Dämonen untersucht. Er verdächtigt uns.«

»Ja«, sagte Richie. »Er hat an uns rumgeschnüffelt, als ob er glaubte, wir hätten im Fahrstuhl gefurzt, und würde uns auf frischer Tat ertappen wollen.«

»Hast du einen ziehen lassen?«, fragte Nate.

»Vielleicht«, sagte Richie.

»Das ist ja wohl unser geringstes Problem, Jungs«, unterbrach Sandy mit angewiderter Miene. »Es wird Zeit, sich auf Zunder zu konzentrieren.« Sie schaltete das Radio ein.

Die Nachrichten von KOMO Radio News plärrten aus dem Armaturenbrett des Volvo: »Zahlreiche Brände flammten an verschiedenen Orten der Innenstadt auf. Der Brandherd lag jeweils im Keller eines Gebäudes, aber als die Feuerwehr eintraf, hatte er sich jedes Mal auf ungeklärte Weise verflüchtigt.«

»Das ist unser Stichwort«, sagte Sandy.

»Hä? Was für ein Stichwort?«, fragte Richie.

»Keller«, verkündete Sandy.

»Keller?« Nate verstand auch nicht, was sie meinte. »Sollen wir etwa alle Keller in der Stadt absuchen?«, fragte er.

»Die Richtung stimmt schon mal«, sagte Sandy. »Aber es geht noch ein paar Etagen tiefer.«

»Warte! Ich weiß schon.« Richie hüpfte auf dem Rücksitz auf und ab. »Diesmal weiß ich es.«

»Denkst du an dasselbe wie ich?« Sandy grinste.

»Wollt ihr mich nicht einweihen?«, fragte Nate.

»Der Seattle Underground«, sagte Richie selbstgefällig.

»Genau«, bestätigte Sandy. »Nachdem Seattles Innenstadt 1889 durch einen verheerenden Brand zerstört wurde, hat man das moderne Stadtzentrum direkt darüber gebaut.«

»Und noch heute findet man unter Seattles Zentrum Überreste der alten Stadt«, erklärte Richie.

»Dort muss sich Zunder verstecken«, fügte Sandy hinzu. »Er dringt von unten in die Gebäude ein.«

»Es gibt geführte Touren in den alten Untergrund«, sagte Richie. »Mein alter Kumpel Schnorrer hat die Leute am Eingang immer um Kohle angehauen.«

Sandy wendete den Volvo, rumpelte über den Bordstein und den Bürgersteig und streifte den Karren eines Erdnussverkäufers; Myriaden gerösteter Nüsse prasselten zu Boden.

Richie streckte den Kopf aus dem Fenster, um zu sehen, ob dem Verkäufer etwas passiert war. Zum Glück war der Mann unverletzt, aber er hüpfte wie Rumpelstilzchen auf und ab und rief ihnen in einer fremden, mit amerikanischen Schimpfwörtern durchsetzten Sprache seine Meinung über Sandys Fahrkünste nach.

»Tut uns leid!«, rief Richie ihm zu. »Wir müssen die Stadt vor einer Katastrophe bewahren!«

Kurz darauf erreichten sie den Eingang zu Seattles Unterwelt.

»Gleich da unten liegen die Ruinen des alten Seattle.« Sandy deutete auf das Schild für die Führungen, das über einer Tür und einem Schaufenster hing.

»Es ist geschlossen«, sagte Richie.

»Perfekt«, sagte Nate und spähte durch das Fenster. »Dann stört uns niemand. Aber ich frage mich, wo der Fremdenführer ist.«

Die Tür war abgesperrt. Richie zog Pernikus aus der Tasche. Der Dämon sprang zu Boden und schaute sich erst einmal um, wo er überhaupt war.

»Kannst du uns da reinbringen?«, fragte Nate seinen Gehilfen.

»Hi-hi-hi-hi-hi!« Pernikus lachte und zerschmolz zu einer hauchdünnen zweidimensionalen Tafel, um unter der Tür hindurchzuschlüpfen. Sobald er drinnen war, nahm er wieder seine normale dreidimensionale Gestalt an und öffnete den Riegel.

»Was ist mit Nikolai?«, fragte Richie.

»Er fürchtet sich vor Feuer«, sagte Nate. »Ich lasse ihn bei Kail in der Box.«

Nate übernahm die Führung und ging durch den Souvenirladen zu einer Treppe, die abwärtsführte. Er zögerte. Vor gerade mal einer Stunde wäre er beinahe gestorben. Schlimmer noch, unschuldige Menschen waren ums Leben gekommen.

»Seid ihr sicher, dass ihr mich begleiten wollt?«, fragte er die anderen. »Im eingestürzten EMP-Gebäude hat es Tote gegeben.«

Sandy hörte das Beben in seiner Stimme. Sie legte ihm die Hand auf die Schulter. »Nate, du bist derjenige, der versucht, die Menschen und das Chaos voreinander zu schützen. Dich trifft keine Schuld an dem Unheil, das die Dämonen anrichten, und du kannst nicht alle Menschen retten.«

»Nein«, sagte er, »nicht alle. Aber Dhaliwahl meinte, dass ich es versuchen sollte, wenn ich die Gelegenheit hätte, weil es später nicht mehr möglich ist.« Damit wandte Nate sich um und eilte die Stufen hinab.

Der Untergrund wurde von nackten, an Spanndrähten hängenden Glühbirnen erhellt. Hundert Jahre alte Ladenfronten sahen noch völlig intakt aus, und man konnte Teile der früheren Straßenzüge erkennen. Die Jugendlichen schlichen voran und wurden immer stiller. Ohne einen plappernden Fremdenführer kam ihnen der Untergrund eher wie eine Grabkammer als wie eine Touristenattraktion vor. Nate konnte sehen, wie über ihnen die Unterseite des modernen Seattle von stählernen Doppel-

T-Trägern und Torbögen aus Backstein abgestützt wurde. In die modernen Bürgersteige über ihren Köpfen waren dicke Glasblöcke eingelassen, durch die trübes Tageslicht hinabfiel, welches das Halbdunkel ein wenig aufhellte.

Einige Backsteine waren angesengt, aber man konnte nicht erkennen, ob dies von dem Großbrand herrührte, der vor einem Jahrhundert Seattles Zentrum zerstört hatte, oder ob es erst kürzlich passiert war.

Sandy zog ihren Laptop aus dem Rucksack.

»O Gott, was soll das denn jetzt?«, meckerte Richie.

»Ich habe den Computer dabei, weil ich einige Passagen aus dem *Kompendium* in ein Übersetzungsprogramm eingeben möchte. Es funktioniert überraschend gut«, erklärte Sandy. »Und was hast *du* Nützliches mitgebracht?«

Grinsend zog Richie zwei riesige Super-Soaker-Wasserpistolen aus dem Rucksack und ließ sie wie ein Revolverheld am Finger kreisen. »Falls es irgendwo brennt«, erklärte er.

»Was suchst du denn genau?«, fragte Nate an Sandy gewandt.

»Ich habe einen ganzen Abschnitt nur über Zunder gefunden. In Dhaliwahls Einträgen steht die komplette Geschichte des Feuerdämons.«

»Ja, auf Bengali«, erwiderte Nate. »Das kann ich nicht lesen.«

»Einen Teil davon habe ich schon übersetzt«, sagte Sandy. »Dhaliwahls Mentor, Yatabe der Wanderer, hat

Zunder eingefangen, und später hat Dhaliwahl ihn gehütet, bis sein Lehrling, der Dürre Mann, fortlief und den Feuerdämon mitnahm. Hier steht noch mehr …« Sie blickte in den dicken Lederband und übersetzte Yatabes uralte Einträge. »O mein Gott. O nein. Das kann nicht sein.«

»Ach, komm schon«, sagte Richie, »erzähl uns einfach, was da steht.«

»So einfach geht das nicht«, erwiderte Sandy. »Übersetzen braucht Zeit.«

Die Jugendlichen blieben vor einem alten, dem Verfall preisgegebenen Badezimmer aus dem neunzehnten Jahrhundert stehen. Sandy mühte sich mit der Übersetzung, tippte Sätze in den Computer und las, tippte weiter. Schließlich trug sie mit langsamen, zögerlichen Worten vor, was sie herausgefunden hatte.

»Zunder, die lebende Flamme, ist in freier Wildbahn ein sehr mächtiger Dämon, den man am besten in kleiner, glühender Form hält. Im ausgehenden neunzehnten Jahrhundert wuchs Zunder zu tödlicher Größe heran. Er flammte 1871 in Chicago auf, 1889 in Seattle und schließlich 1906 in San Francisco, wo er mit Kail, dem großen Zerstörer, eingefangen wurde.«

»Und was hat das alles zu bedeuten?«, fragte Richie.

»Machst du Witze? Das *Kompendium* erwähnt die drei historischen Feuerkatastrophen in Chicago, in San Francisco und in Seattle.«

»Das war Zunder?«, fragte Nate entgeistert. »*Unser* Zunder?«

»Dieser eine Dämon hat ganz allein tausende Menschen getötet«, flüsterte Sandy. »Und San Francisco hat er mit Kail zusammen verwüstet.«

Richie machte große Augen, und er schaute über die Schulter in den dunklen Gang. Er drückte Sandy eine Riesenwasserpistole in die Hand und begann zum Eingang zurückzuweichen.

In dem Moment stolperte Nate im Dunkeln über etwas und stürzte. Er fiel auf einen Gegenstand, der knirschend unter ihm nachgab. Sandy schwang ihren Laptop herum und leuchtete auf ihn. Nate fuhr zusammen. Er lag auf einer bis zur Unkenntlichkeit verkohlten Leiche. Daneben lag ein angesengter Strohhut.

»Der Fremdenführer!«, stieß Sandy hervor und half Nate auf. Er klopfte sich die Asche von der Hose, da er nicht die Überreste eines Toten an sich haben wollte.

Während sie noch bestürzt dastanden, wallte ihnen plötzlich Rauch entgegen. Nate blickte tiefer in den Tunnel hinein. In der Ferne war ein gespenstisches rotes Glühen zu erkennen.

»Die Sache ist zu gefährlich für euch«, sagte er unvermittelt. »Geht wieder nach oben.«

Plötzlich kamen ihnen weitere dichte schwarze Rauchschwaden entgegen. Nate zog einen Feuerlöscher aus dem Rucksack. »Na los! Verschwindet!«

Er stellte sich breitbeinig hin, in der Absicht, für Sandy und Richie etwas Zeit zu gewinnen, während Zunder in flammender Wildheit schneller auf sie zugerast kam, als er es je für möglich gehalten hätte. Nate packte die

Spritzdüse des Feuerlöschers, als Richie davonlief. Aber Sandy blieb neben Nate stehen, während Zunder sich unaufhaltsam durch die alten trockenen Holzwände fraß, die sie umgaben.

»Ich hab gesagt, du sollst gehen!«, rief Nate.

»Ich würde niemals wegrennen und dich im Stich lassen«, entgegnete Sandy. »Und du kannst mir auch nichts befehlen. Ich bin nicht dein Lehrling.«

Glühende Asche wehte ihnen entgegen. Sandy wirbelte herum und feuerte aus ihrer Super Soaker auf Nate, durchnässte seine Kleidung.

»Was tust du da?«, fragte er triefend.

»Ich schütze dich!« Sie richtete die Wasserpistole auf sich selbst und machte sich ebenfalls nass.

Nate hielt den Feuerlöscher wie ein Gewehr, versuchte den heranrasenden Dämon fernzuhalten.

»Er ist zu groß und zu heiß. Ich komme nicht an ihn heran. Ich muss ihn irgendwie verkleinern, um ihn in die Box zu kriegen.«

»Such den Brandherd«, sagte Sandy. »Achte nicht auf die Flammen. Ziele auf ihren Ursprung, dorthin, wo das Feuer dem Holz entspringt.«

Nate nickte und verfolgte die Kernflamme zurück zu ihrem Ursprungsort. »Dort!«, rief er und schoss. Weißer Schaum spritzte aus dem Feuerlöscher. Es gab ein lautes Zischgeräusch, und die Luft füllte sich mit Qualm.

Hustend wichen Nate und Sandy in das alte unterirdische Badezimmer zurück. »Habe ich ihn getroffen?«, stieß Nate hervor.

Sandy schüttelte den Kopf, als der Brandherd unbeirrt aus den Rauchschwaden herauskroch. »Außerhalb deines Hauses kann ich zwar keine Dämonen sehen, Nate, aber da ist auf jeden Fall noch ein Feuer, und es kommt immer noch direkt auf uns zu.«

Zunder zog seine Flammen nach innen, verdichtete sich, glühte heller.

»Er sammelt sich zum Angriff!«, sagte Nate.

Sandy stieß ihn zu Boden und packte gleichzeitig den Rand einer uralten schmiedeeisernen Badewanne, zog kräftig daran und kippte sie über ihnen um. Sie fielen gemeinsam zu Boden. Nate lag unter ihr auf dem Rücken, während über ihnen das Feuer loderte. Er hörte, wie die Flammen gegen die Wanne schlugen.

»Was jetzt?«, flüsterte Nate, Nase an Nase mit ihr.

»Zunder entzieht der Luft den Sauerstoff«, sagte sie. »Jetzt ersticken wir.«

Nate zuckte zusammen und legte die Arme um sie. »Falls wir sterben«, sagte er sanft, »dann würde ich gerne noch wissen –«

»Schhhhh«, machte Sandy, »ich denke nach …«

Zunder sammelte sich neben der Badewanne. Er zog sich noch enger zusammen und konzentrierte all seine Hitze in einer einzigen glühend heißen Kugel aus verdichteten Flammen. Der pulsierende Feuerball sprang auf die Wanne, pflügte durch die metallene Oberfläche, um zu Nate durchzudringen, und verwandelte die Wanne augenblicklich in einen Glutofen.

Plötzlich spritzte von oben Wasser auf die Badewanne.

ZISCH!

Nate spürte, wie das Wasser, das unter der Wanne über den Boden lief, sein verschwitztes Hemd durchnässte. »Verschwinden wir!«, rief er.

Mit vereinten Kräften wuchteten sie die schwere Wanne von sich weg und kippten sie zur Seite. Über ihnen spritzte Wasser in einem steten Strom auf sie herab. Sie schauten nach oben und sahen Richies Auge durch ein Loch im Boden zu ihnen herabblicken. Er hatte oben mehrere Glasblöcke aus dem Bürgersteig herausgebrochen, und eine Sturzflut von Regenwasser prasselte in die Tiefe. Dann brach Richie den nächsten Block heraus, worauf noch mehr Wasser nach unten spülte.

Nahezu gelöscht, wich Zunder durch die nasse Holzwand des alten Badezimmers zurück. Er fand einen trockenen Splitter und klammerte sich als schwach glühender Funke an sein Leben.

Oben war Richie im Begriff, den letzten und größten Glasblock aus dem Bürgersteig zu brechen.

Nate winkte ihm zu. »Kein Wasser mehr! Zerstör ihn nicht.«

»Das Ding is ein Killer!«, rief Richie hinunter.

»Aber *du* bist keiner«, erwiderte Nate. »Zunder ist bloß ein wildes Tier. Er weiß nicht, was er tut. Wir müssen ihn einfangen, nicht töten.«

Richie kämpfte mit sich; er war hin- und hergerissen, während Zunder immer schwächer wurde, allmählich verglühte und sein Leben aushauchte. Es wurde schummrig im Gang, dann völlig dunkel.

»Ich sehe nichts mehr«, sagte Sandy und tastete nach Nates Hand. Sie fand sie und umfasste sie fest.

Plötzlich hörten sie ein Geräusch. Sahen eine schattenhafte Bewegung. Ein hoher SCHREI-ZISCH-Ton zerschnitt die Finsternis. Sandy hielt sich die Ohren zu, aber Nate lauschte. Er wusste, was das Geräusch bedeutete – den Tod eines Dämons. Zunder war erloschen.

Kurz darauf kamen Nate und Sandy aus dem unterirdischen Seattle wieder an die Oberfläche und schleppten sich triefnass und hustend durch das Touristenbüro.

Richie kam ihnen im Regen entgegen.

»Du hast ihn umgebracht«, schimpfte Nate und funkelte seinen Lehrling wütend an.

»Was?« Richie hob abwehrend die Hände. »Hab ich nich.«

Nate nickte. »Doch. Der große historische Feuerdämon ist tot.«

Zunder war ein zerstörerisches Geschöpf gewesen, dachte Nate, aber man hätte ihn unter Kontrolle bekommen können. Dem Dürren Mann war es gelungen. Man hätte ihn einfangen und irgendwo sicher aufbewahren können.

»Das ist ein schaler Sieg«, murmelte Nate. Enttäuscht wich er Richies Blick aus und ging davon.

Die Jugendlichen standen vor dem Auto, als Calamitous zu ihnen trat. Der sonderbare Reporter war bis auf die Knochen durchnässt.

»Wen haben wir denn da!«, grinste er. »Das Feuer ist gelöscht, was? Nachdem es zehn Gebäude und fünf Autos zerstört und mehrere Menschen getötet hat. Schöne Geschichte, nicht wahr? Ihr habt ihn dort unten gesehen, oder? Habt ihr gegen ihn gekämpft? Wurde Seattle von ein paar Jugendlichen gerettet, die über *gewisse Fähigkeiten* verfügen?«

»Gegen wen sollen wir denn gekämpft haben?« Nate bedeutete Richie, ins Auto zu steigen, bevor er sich verplappern konnte.

»Gegen das Wesen, das ihr einfangen wolltet«, sagte Calamitous. »Stimmt doch, oder?«

»Ich weiß nicht, wovon Sie reden, und wir besitzen auch keine *gewissen Fähigkeiten.*«

»Wir haben die Tour durch den Untergrund gemacht und wurden vom Feuer überrascht«, erklärte Sandy. »Das ist alles.«

»Der Regen hat das Feuer gelöscht«, sagte Richie vom Rücksitz. »Aber das war reiner Zufall.«

Calamitous' unsteter Blick heftete sich auf Richie. »Du bist der andere Junge, den ich unter der Brücke und vor dem Turm gesehen habe. Nennst du mir deinen Namen? Dein Alter? Oder, am wichtigsten, deine Adresse?«

Nate trat zwischen die beiden und schlug vor Richies Nase die Wagentür zu. Er winkte kurz höflich zu Calamitous hinüber und stieg zu Sandy ins Auto, die bereits dabei war, sich anzuschnallen.

»Fahr los«, sagte Nate.

18. Kapitel

Bootspartie

Nate, Sandy und Richie fuhren am Haus vor und stiegen in ihren klitschnassen Klamotten aus dem Auto. Auf der Veranda erwartete sie Lilli mit verlegenem Lächeln. Die drei Gefährten starrten sie erschöpft an.

»Kann ich euch irgendwie helfen?«, fragte Lilli.

»Du meinst, außer abzuhauen?«, sagte Richie.

»Du kannst uns ja einen Kräutertee kochen«, erklärte Sandy.

»Ich habe gehört, die Brände im Stadtzentrum seien gelöscht«, sagte Lilli.

»Ja, das Feuer ist verglüht«, bestätigte Nate. »Zunder ist erloschen. Er ist tot.« Er funkelte Richie an.

»He, guck nich so komisch. Ich hab nur versucht, euch das Leben zu retten, und als du gesagt hast, ich soll aufhören, euch nasszuspritzen, hab ich's sofort gelassen.«

»Zunder war ein Elementardämon«, sagte Lilli. »Sein Tod ist sehr traurig.«

»Ja, das stimmt«, erwiderte Sandy. »Zunder war Feuer, eines der vier Elemente. Und Kail steht für Erde, ein weiteres Element. Damit verbleiben noch Luft und Wasser.«

»Faszinierend«, sagte Lilli, »aber leider muss ich euch mitteilen, dass der Troll wieder verschwunden ist.«

Nate öffnete gerade die Haustür. Er fuhr herum. »Was? Wann denn? Woher weißt du das?«

»Immer mit der Ruhe, Alter«, sagte Richie. »Du klingst ja schon wie dieser rasende Reporter.«

»Ich weiß nicht, wie es bei dir ist, Nate«, sagte Lilli, »aber ich spüre immer ein seltsames Kribbeln, wenn sich ein Dämon regt, und im Moment kribbelt es wie verrückt.«

»Ziehen wir jetzt los, um den nächsten Dämon jagen?« Richie grinste. »Die Sache fängt an, Spaß zu machen.«

»Ihnen in die ›Eier‹ zu treten und sie umzubringen ist nichts, was einem *Spaß* machen sollte«, sagte Nate.

»Der Troll ist ein Gewohnheitstier«, erklärte Sandy. »Er ist nicht sehr klug. Er wird sich wieder im See verstecken.«

Nate seufzte verdrossen. »Ich kümmere mich darum. Richie, du bleibst hier.«

»He, Alter, du kannst mich doch nich einfach hier kaltstellen. Ich schwöre, ich bring keinen Dämon mehr um, obwohl ich, ich sag's noch mal, auch den von vorhin nich killen wollte.«

»Du bleibst hier. Das ist mein letztes Wort. Aber du, Sandy, kannst mitkommen, wenn du möchtest.« Er sah sie hilfesuchend an. Sie hatte bei Kail richtiggelegen, so wie sie fast immer richtiglag, und sie hatte ihm unter der Erde zur Seite gestanden. Sie war nicht davongelaufen, und er brauchte jemanden, auf den er sich verlassen konnte.

»Wahrscheinlich sterben meine Eltern inzwischen vor Sorge«, sagte Sandy. »Ich komme jetzt schon zwei Stunden zu spät und habe sie absichtlich nicht angerufen.« Sie schüttelte den Kopf. »Ich kann nicht mitkommen.«

»Aber ich«, sagte Lilli. »Der Troll ist ein Kunstwerk. Ich würde ihn gern retten.«

Nate nickte. »Na gut, du bist dabei.«

Sandy funkelte ihn entgeistert an. »*Sie* soll dich begleiten …?«

Sandy brabbelte in ihr Handy, während sie an den Docks am Ufer des Lake Union zu Nate und Lilli trat.

»Ja, Mom. Es geht mir gut. Ich stehe im Stau wegen der Brände im Zentrum.«

Wie auf Kommando stieß Zoot durch die Nase Hup- und Sirenengeräusche aus. Zuerst blickte Sandy stirnrunzelnd auf den rosafarbenen Dämon herab, aber es hörte sich erstaunlich echt an.

»Hörst du die Sirenen?«, sagte sie zu ihrer Mutter. »Es dauert bestimmt noch ein paar Stunden. Warte nicht auf mich. Nein, Paps braucht mich nicht abzuholen. Oh, es geht weiter. Ich kann nicht fahren und gleichzeitig telefonieren. Bye!« Sie legte auf. »Mann, ich hasse es zu lügen«, sagte sie.

Sie überquerten den langen Holzsteg zu der im Dunkeln liegenden Anlegestelle. Im Gegensatz zu den Schiffen im Jachthafen sahen die hier vertäuten alten Boote aus, als wären sie seit Jahren nicht mehr benutzt worden.

Plötzlich kam ihnen auf den verrottenden Holzplanken eine unförmige Gestalt hinterhergelaufen.

»He! Ihr da! Hallo! Ich möchte immer noch mit euch reden«, rief Calamitous.

»Wie gelingt es Ihnen bloß, uns immer wieder zu finden?«, fragte Nate.

»Das tue ich ja gar nicht«, erwiderte er. »Ich finde *sie.*« Der Reporter deutete auf den See. Es war offenkundig, wen er meinte: den Troll, die Dämonen. »Und jedes Mal taucht *ihr* auf«, sagte er und richtete seinen klobigen Zeigefinger auf Lilli, dann auf Nate. »Wie kommt das? Wie macht ihr das? Na los, sagt schon.«

»Für welche Zeitung oder welchen Sender arbeiten Sie eigentlich?«, fragte Sandy. »Für NPR? KOMO? Kanal 5? Die *Times*?«

»Ich arbeite selbständig. Ich bin Freiberufler«, erwiderte Calamitous.

Nate drehte sich um und ging weiter. Die anderen folgten ihm, und Calamitous folgte ihnen.

»Sie haben ein schlechtes Karma«, sagte Lilli mit halb zurückgewandtem Kopf.

»Der Junge ist genau wie du, stimmt's?«, flüsterte der Reporter, der direkt hinter ihr war, ihr ins Ohr. »Er tut das Gleiche wie du, und er riecht auch wie du.« Er schnüffelte an ihr.

»Verschwinden Sie«, sagte Lilli.

In dem Moment blickte Calamitous aufs Wasser hinaus. »Gut. Schön. Wie du wünschst«, erwiderte er und stiefelte davon, als würden ihn die drei jungen Leute eigentlich gar nicht interessieren.

»Der Kerl macht mir Angst«, sagte Lilli schaudernd.

»Er weiß zu viel«, sagte Nate. »Wir dürfen ihn nicht mitkriegen lassen, was wir tun.«

»Vielleicht ist er ja auch ein Hüter«, überlegte Sandy.

»Nie im Leben!«, riefen Nate und Lilli wie aus einem Munde.

»Dazu hat er die falsche Aura«, erklärte Lilli.

»Völlig unmöglich«, fügte Nate hinzu.

Er blieb vor einem Liegeplatz stehen, an dem ein düsteres, hoch aufragendes Fischerboot vertäut war. Die abplatzende Farbe und der verkrustete Anker kündeten vom Alter des Kutters, und an Deck standen verschiedene mechanische Apparaturen mit rostigen Zahnrädern, bereit, ächzend zum Leben zu erwachen.

»Kommt an Bord«, rief Nate und sprang über die Reling.

»Ist das deins?«, fragte Lilli ungläubig. »Wow, es ist ja uralt.«

»Schwimmt es noch?«, fragte Sandy skeptisch.

»Das ist der alte Kutter von Yatabe dem Wanderer. Damit ist er aus Indien geflohen. Es hat zu meinen Aufgaben gehört, ihn seetauglich zu halten.«

»Wofür?«, fragte Sandy.

»Um auf hoher See Dämonen zu transportieren«, sagte

Nate, »und zum Dämonenfischen. Ich hoffe allerdings, dass ich nie aufs offene Meer hinausfahren muss.«

Nate schlug die Augen nieder, und Sandy wusste, dass er an den grauenvollen Sturm im Puget-Sund dachte, bei dem das Segelboot seiner Eltern gekentert war, als er noch ein kleiner Junge gewesen war.

»Wenigstens steht uns für die Suche nach dem Troll ein robuster Kahn zur Verfügung«, sagte Sandy.

»Oh, nein, er ist viel zu groß und zu laut, um damit auf dem See herumzuschippern«, entgegnete Nate. »Damit würden wir den Troll nur vertreiben.«

»Und was nehmen wir stattdessen?«, fragte Sandy.

Kurz darauf ruderte sie das kleine Beiboot des Kutters auf den Lake Union hinaus, während Nate und Lilli im Heck saßen und prüfend über das dunkle Wasser blickten.

»Da drüben«, lotste Lilli sie.

»Hoffentlich haben wir ein großes Netz dabei«, sagte Sandy.

Nate zog die Knobelbox heraus. »Ja, haben wir.«

»Warum rudert *sie* eigentlich nicht?« Sandy deutete auf Lilli, die sich auf der schmalen Sitzbank an Nate presste.

»Ich versuche den Aufenthaltsort des Trolls zu erspüren«, erklärte Lilli und rieb sich die Schläfen, »und du störst mich dabei.«

»Bitte, lass sie in Ruhe nach Hinweisen suchen«, pflichtete Nate Lilli bei.

»Wenn du so ein toller Hüter bist«, sagte Sandy zu

dem anderen Mädchen, »welche Art von Hinweisen sollen wir denn *erspüren*?«

»Ich habe nie behauptet, ein toller Hüter zu sein«, murmelte Lilli. »Ich habe nie behauptet, überhaupt ein Hüter zu sein. Ich bin nur eine Sammlerin.«

»Na schön, wonach halten wir dann Ausschau, Frau *Sammlerin*?«, fragte Sandy.

»Nach allem, was uns seltsam erscheint«, erklärte Lilli.

»Genial«, sagte Sandy und hörte auf zu rudern.

Sie waren fast genau in der Mitte des Sees angelangt. Eine Weile trieben sie schweigend dahin und beobachteten die Wasseroberfläche.

»Ich spüre etwas«, sagte Lilli schließlich.

Die Mädchen blickten auf, als aus der Dunkelheit zwei Hausboote auf sie zukamen, die ihre Haltetaue wie Rattenschwänze im Wasser hinter sich herzogen. Offensichtlich hatten sie sich von ihren Liegeplätzen losgerissen und trieben nun führerlos über den See.

»Ist das seltsam genug?«, flüsterte Sandy.

Sie ruderte fieberhaft los, da die Hausboote auf sie zuhielten, und Nate paddelte zusätzlich mit den Armen und spritzte Sandy ganz nass. Während die Boote haarscharf an ihnen vorbeizogen, sah er hinter einem der Fenster einen schlafenden Mann auf einer Couch liegen.

»Seht mal!«, sagte er und deutete auf das Kielwasser der Hausboote. Dicht unter der Oberfläche schwamm eine zwei Meter lange Hand und schob die Gefährte sanft, aber stetig voran.

»Wir sind wie Plastikenten in der Badewanne«, sagte Sandy und blickte sich um, konnte aber durch ihre bespritzte Brille nichts erkennen.

Nate zog Dhaliwahls Schlangenstab aus der Tasche.

Der Stab war ein Dämon und gleichzeitig ein Werkzeug und hatte Dhaliwahl einst als Gehilfe gedient. Er verlängerte sich für Nate, entrollte und streckte sich auf ein Mehrfaches seiner ursprünglichen Länge. Als die Hand am Beiboot vorbeischwamm, warf Nate den Stab wie ein Lasso über den riesigen Mittelfinger.

Das kleine Gefährt schoss ruckartig vorwärts und begann, vom Troll gezogen, wie auf Wasserskiern über den See zu hüpfen. Nate stemmte die Füße gegen den Boden, während sich der Stab fest um sein Handgelenk wickelte. Selbst dieses kleine Boot hatte im Wasser des Lake Union einen großen Strömungswiderstand, und Nate dachte schon, der Troll würde ihm jeden Augenblick den Arm auskugeln, aber bald richtete sich das Gefährt aus und glitt geradewegs der untergetauchten Hand hinterher. Die drei hielten sich so gut es ging fest und hofften, dass das kleine Boot nicht umkippen würde, während Nate versuchte, sich dichter an die gewaltige Statue heranzuhangeln.

»Wenn ich die Box an der richtigen Stelle gegen den Troll drücken kann, gelingt es mir vielleicht, ihn aufzusaugen«, sagte er zu den beiden Mädchen.

»Was soll das heißen, *vielleicht*?«, fragte Sandy.

»Hilf einfach dabei, dass wir näher herankommen.«

»Ich sehe nichts!«, beschwerte sich Sandy, die ihre

Brille nicht putzen konnte, weil sie dafür die Ruder hätte loslassen müssen. Sie versuchte mitzurudern, während sie gezogen wurden, aber in erster Linie spritzte sie Nate nass und schlug ihm einmal sogar ein Ruder an den Kopf.

»Aua!«

Als sie die andere Seite des Lake Union erreichten, verpasste der Troll den beiden Hausbooten einen letzten kräftigen Stoß, so dass sie mit Höchstgeschwindigkeit auf das Ufer zupflügten.

»O nein!«, rief Nate. Das erste Hausboot prallte gegen eine große Jacht.

RUMMS!

Kreischende Hochzeitsgäste, die höflich an Deck gestanden hatten, während der Pastor die Zeremonie vollzog, flogen durch die Luft wie Plastik-Tortenfiguren, die man achtlos durch die Küche wirft. Gäste in Anzügen und feinen Kleidern landeten inmitten der Appetithappen und purzelten über die Reling – es war ein tiefer Sturz, begleitet von langgezogenen Schreien. Das rauschende Kleid der Braut blähte sich wie ein Fallschirm auf, als sie mit ihrer akkurat aufgesteckten Frisur in den Lake Union plumpste, während der Bräutigam sich fieberhaft an der Reling festklammerte.

Das zweite Hausboot krachte am Ufer schwungvoll in einen Nachtclub und ließ die Discokugel über die Tanzfläche kullern wie eine glitzernde Bowlingkugel. Funkelnd rollte sie zwischen den Beinen der flüchtenden Gäste hin und her.

Die schlafenden Hausbootbesitzer wachten auf. Eine

Frau taumelte schlaftrunken aus ihrer verkanteten Kajütentür. In ihrem langen weißen Nachthemd und mit Lockenwicklern sah sie aus wie eine ärmliche Ausgabe der verloren gegangenen Braut.

Der Mann aus dem anderen Hausboot flog durchs Fenster und landete wie ein Breakdancer rücklings auf der Tanzfläche des Nachtclubs, während ein Hip-Hop-Song aus den eingedrückten Lautsprechern plärrte.

Nachdem die Hausboote verschwunden waren, bemerkte der Troll das um seinen Mittelfinger geschlungene Seil. Er wandte sich um, pflügte durchs Wasser auf das Ruderboot zu und zog dessen Insassen zu sich heran.

»Da kommt er!«, sagte Nate und hob die Knobelbox.

»Pass auf!«, rief Sandy.

Noch ehe Nate die Box an den Troll pressen konnte, tauchte der Dämon unter und verschwand aus seiner Reichweite. Nate beugte sich über die Bootskante und blickte suchend über die schwappenden Wellen des Sees. Plötzlich schoss der Troll direkt unter dem Boot nach oben und schleuderte das kleine Gefährt in die Luft.

Sandy stürzte in der Nähe der Braut, die wie ein Hund durch den See paddelte, kopfüber ins Wasser. Lilli flog in die entgegengesetzte Richtung und platschte, alle viere von sich gestreckt, in den Lake Union, kam aber schnell wieder an die Oberfläche und hielt sich an einem Sofakissen fest, das durchs Fenster eines der zertrümmerten Hausboote geflogen war. Zoot, der es sich im Strickmuster ihrer Wollsocken bequem gemacht hatte, trieb als bunter Ölfleck mit zwei starren weißen Augen in der Mitte neben ihr her.

Nate fiel ins Wasser wie ein Stein. Völlig desorientiert durchstieß er Sekunden später die Wasseroberfläche. Er schrie besinnungslos. Schon einmal hatte es ihn von einem Boot geschleudert – in der Nacht, als seine Eltern ertrunken waren. Als Zwölfjähriger hatte er in den eisigen Wassern des Puget-Sund um sein Leben gekämpft, und diesen Albtraum hatte er nie vergessen. Es dauerte einen Moment, bis ihm wieder einfiel, wo er sich befand und dass er nicht mehr zwölf war. Als er sich beruhigt hatte, schaute er sich blinzelnd um, dann glitt er mit zwei Schwimmstößen voran und zog sich zitternd auf das gekenterte Ruderboot.

Langsam wurde ihm bewusst, dass er versagt hatte. Der Troll zog davon, auf die Mitte des Sees zu. Er würde ihn heute Abend nicht mehr einfangen können. Doch während Nate sich allmählich orientierte, sauste neben ihm etwas durchs Wasser und hielt direkt auf die riesige Statue zu.

Der Troll spürte, dass er verfolgt wurde, und paddelte unter aufspritzenden Wasserfontänen davon. Nate beobachtete ihn, während er sich an das umgekippte Ruderboot klammerte. Der Troll hatte sich nicht vor ihm und den Mädchen gefürchtet, und doch pflügte er jetzt in panischer Angst durch den See und schob eine riesige Bugwelle vor sich her. Sein Verfolger war kleiner. In der Dunkelheit konnte Nate nur einen dünnen Kielwasserstreifen erkennen, der dem großen Dämon hinterherjagte.

Der Troll wandte sich um, versuchte dem Angreifer auszuweichen und winkte Nate verzweifelt zu. Plötzlich riss ihn etwas in die Tiefe. Ein wirbelnder Wasserstrudel entstand, während der Troll hinabgezogen wurde, und Nate beobachtete, wie sich eine Piranha-artige Raserei entspann. Die riesigen Steinhände droschen auf die Wasseroberfläche ein, und der gewaltige Betonkopf erhob sich ein letztes Mal in die Luft, um in wildem Schmerz aufzubrüllen, dann ging er endgültig unter. Kurz darauf trieb Nates Rettungsinsel durch die ringsum verstreuten, sinkenden Bruchstücke des Trolls.

19. Kapitel

Lillis Geheimnis

Sandy und Lilli rannten zu Nate hinüber, um ihm zu helfen, das Boot ans Ufer zu ziehen.

»Was war das?«, fragte Sandy.

»Ich weiß es nicht«, erwiderte Nate kopfschüttelnd. »Aber wir haben den Troll verloren, und er wurde schwer beschädigt.«

Hinter ihnen schauderte Lilli, ihre Lippen zitterten. »Nein. Er wurde nicht beschädigt«, sagte sie mit gedämpfter Stimme.

Nate und Sandy wandten sich um. »Sondern?«, fragte Nate.

»Er ist tot«, antwortete Lilli. »Das Wesen, das du im Wasser gesehen hast … es hat den Troll aufgefressen.«

Nate starrte sie an. Lilli wich seinem Blick aus, und ihm wurde bewusst, dass Sandy recht hatte. Er hatte Lilli gerade erst kennengelernt. Er kannte sie eigentlich überhaupt nicht, trotz ihrer gemeinsamen Fähigkeiten und obwohl sie so entspannt wirkte und sich ihm gegenüber so zwanglos gab.

»Was weißt du sonst noch?«, fragte er.

»Du solltest eher fragen, was sie uns noch alles verschwiegen hat«, sagte Sandy vorwurfsvoll.

Lilli atmete tief durch, während die beiden sie anstarrten.

»Ich hatte vom Troll gehört«, erklärte sie. »Ich kam nach Seattle, um ihn mir anzuschauen. Er war ein wundervolles Kunstwerk, versteht ihr?« Lilli hoffte auf ein zustimmendes Nicken. Doch die beiden warteten nur mit mürrischen Mienen darauf, dass sie ihre Erklärung fortsetzte. »Aber ich bin auch vor etwas geflüchtet.«

»Vor wem?«, fragte Sandy.

»Vor was?«, fragte Nate.

»Das weiß ich nicht«, sagte Lilli. »Wirklich. Ich *weiß* es nicht. Aber ich habe es in San Francisco gespürt, etwas Hungriges, das mich beobachtet. Als ich hier ankam und zur Brücke fuhr, habe ich es erneut gespürt.«

»Es ist dir gefolgt«, sagte Sandy.

»Was immer es ist, es hat mich gefunden. Und als ich neulich einen Kaffee trinken ging und meine geliebten Dämonen im Bus zurückließ wie Tiere im Käfig, da ist es bei mir eingebrochen.« Sie fing an zu weinen. »Es hat sie aufgefressen.«

»Nate, sie war bei dir zu Hause«, sagte Sandy.

»Na und?«, erwiderte er. »Wir leben in einem freien Land. Warum musst du zu einem solchen Zeitpunkt eifersüchtig werden?«

»Ich bin nicht eifersüchtig«, sagte Sandy ruhig. »Du reagierst überempfindlich. Worauf ich hinauswill, ist: Da draußen gibt es ein Wesen, das Dämonen frisst, und es verfolgt Lilli. Und sie hat es direkt zum Haus geführt… zu *deinem* Haus.«

Nate war triefnass und völlig perplex. Er blickte auf den See hinaus, wo den Troll der Tod ereilt hatte, dann wieder zurück zu Lilli, die das Unheil vermutlich nach Seattle gelockt hatte. Ihr verwüsteter Anhänger parkte direkt vor seinem Haus, ihr VW-Käfer stand in der Einfahrt.

»Ich muss alles wissen… und zwar sofort!«, sagte er plötzlich und zeigte auf Lilli. »Was hat es mit diesem Wesen auf sich?«

»Ich habe es nie gesehen«, sagte sie. »Es versteckt sich, verkleidet sich, irgendetwas. Aber ich kann es spüren. An dem Tag, als du mich in meinem Anhänger besucht hast…«

Sandy warf Nate einen funkelnden Blick zu.

»…muss es in der Nähe gewesen sein«, fuhr Lilli fort, »und als ich wegging, hat es zugeschlagen.«

»Wo bist du in Seattle sonst noch gewesen?«, wollte Nate wissen.

»Als ich in der Stadt ankam, habe ich in einem Irish Pub Geschirr gespült, um ein bisschen Geld zu verdienen, und auf dem Spielplatz einer nahe gelegenen Grundschule mache ich jeden Tag Yoga.«

»Ich möchte mir die beiden Orte ansehen«, sagte Nate. »Zeig sie mir.«

Sie brauchten McHale's Pub gar nicht erst zu betreten, um zu wissen, was dort geschehen war. Sie konnten die lustlosen Gäste durchs Fenster sehen. Die Männer beugten sich mit trüben Mienen über ihre Bierkrüge. Der Schankraum war nicht wie sonst mit Leben erfüllt. Es gab keine Musik. Keine Gespräche.

»Da drin ist es wie tot«, sagte Sandy.

»Ohne Chaos gibt es nur Monotonie«, erklärte Nate. Dann wandte er sich an Lilli. »Jetzt zum Spielplatz.«

Dort bot sich das gleiche Bild. Die Schüler trotteten ohne jede Übermütigkeit aus dem Schulhaus. Dunkle Wolken hingen tief am Himmel, und kein leuchtender Lichtstrahl fand seinen Weg zu den Kindern.

»Schade, dass Richie nicht hier ist und sieht, was geschieht, wenn man Dämonen vernichtet«, sagte Nate. »Es tötet die Spontanität an Orten des Vergnügens und breitet Lustlosigkeit über Orte des Entdeckens. Die Taverne und diese Schule werden unter ihren Verlusten leiden. Das hier wird für lange Zeit kein spannender Ort mehr für Kinder sein.«

»Für den Spaß auf dem Schulhof war ein Dämon verantwortlich?«, fragte Sandy. »Ich dachte immer, Grundschüler hätten eben einen erhöhten Stoffwechsel und dadurch viel überschüssige Energie, was zu gesteigerter Aktivität führt.«

»Das ist bloß das, was in den Lehrbüchern steht.«

»Chaos ist die Nahrung des freien Geistes«, sagte Lilli leise; Tränen standen ihr in den Augen. »Ohne Chaos verdorrt die Seele.«

»Anscheinend dienen Dämonen aber noch etwas ganz anderem als Nahrung«, erklärte Nate. »Einem Wesen, das immer genau dorthin geht, wo du hingehst.«

»Au Mann«, sagte Sandy. »Ich wusste, dass sie Ärger machen würde, Nate, aber es ist schlimmer, als ich dachte. Sie hat etwas eingeschleppt, das alles zerstören könnte, was dir lieb und teuer ist.«

Lilli weinte hemmungslos. »Das habe ich … nicht gewollt«, stammelte sie.

»Warum hast du mir das alles nicht viel früher erzählt?«, fragte Nate.

»Ich weiß nicht.« Sie blickte ratsuchend auf Zoot hinab und suchte nach Worten. Doch der kleine Kerl konnte nur mit den Schultern zucken. »Ich glaube, ich wollte nichts Falsches sagen. Ich wollte nur, dass … dass du mich magst«, sagte sie schließlich. Sie sah die beiden flehend an. »Bitte, ich habe doch überhaupt keine Freunde hier in Seattle.«

»Da hast du hundertprozentig recht«, pflichtete Sandy ihr bei.

»Ich muss zum Haus zurück«, sagte Nate. Er sah Lilli ernst an. »Aber ich kann dich nicht mehr in die Nähe meiner Dämonen lassen.« Damit wandte er sich um und ging davon.

»Pech gehabt, Hippie-Tussi«, zischte Sandy. »Das war's dann wohl.«

20. Kapitel

Der Wind frischt auf

Sandy hockte über dem *Kompendium* und gab vollständige Sätze in das Übersetzungsprogramm ihres Laptops ein, während Nik nach Sparky Ausschau hielt und Nate von Fenster zu Fenster ging und überprüfte, dass das Haus gesichert war. Dabei sah er immer wieder hinaus wie ein nervöses Erdhörnchen, das aus seinem Bau lugt, um nach Gefahren Ausschau zu halten. Draußen nahm der Wind zu, blies von Westen her über die Elliot Bay und die Inseln heran. Der Regen wurde unaufhörlich lauter, wie klassische Musik; immer härter und rasender prasselten die Tropfen herab, während sich der Sturm zusammenbraute.

Richie war an der Haustür postiert. »Wer oder was soll uns denn angreifen?«, fragte er, mit einem verbogenen Schürhaken bewaffnet.

»Ich weiß es nicht!«, rief Nate von oben. »Sandy? Hast du etwas herausgefunden?«

»Hier steht was von einem irischen Hüter namens George McFeen im Siebzehnten Jahrhundert«, rief sie aus dem Arbeitszimmer. Nate eilte die Stufen hinab und setzte sich zu Richie auf die Couch. Sandy las laut vor.

Es waren vier Einträge im *Kompendium*. Sandy trug sie langsam und bedächtig auf Englisch vor, ließ sich mit jedem Wort Zeit, um sicherzustellen, dass die Übersetzung stimmte. Es war eine kurze, traurige Geschichte, und sie zuckte zusammen, als sie George McFeens letzte Zeile vorlas.

»Mein Mentor ist ein Dämonenfresser«, hauchte sie.

Nate und Richie lauschten, ohne ein Wort zu sagen, während sie zu Ende las. Danach merkte Nate, dass er die Luft anhielt, seit Sandy ihren Vortrag begonnen hatte. Er japste und schöpfte Atem.

»Wow«, flüsterte Richie.

Schließlich fand Nate die Sprache wieder. »Zunder hat gar nicht versucht uns umzubringen«, sagte er. »Ach, ich bin so dumm. Er wollte sich bei mir in Sicherheit bringen. Deshalb ließ Kail sich auch so bereitwillig von der Box aufsaugen. Er war auf der Flucht. Und bei Zunder haben wir untätig zugesehen und ihn sterben lassen.«

»Alter«, sagte Richie, »ich schwör's dir: Ich hab das Feuer nich gelöscht.«

»Jetzt glaube ich dir«, erwiderte Nate. »Es tut mir leid, dass ich dir die Schuld an Zunders Tod gegeben habe. Ich war wütend. Ich glaube, das Ungeheuer, das McFeen beschrieb, hat Lillis Dämonen aufgefressen, den Troll umgebracht und war mit uns unter der Erde, um Zunder zu verschlingen.«

»Ein Dämonenfresser?«, fragte Sandy. »Aber dann wäre er mindestens dreihundert Jahre alt.«

»Ja. Er hat sich vom Chaos der Jahrhunderte ernährt«, sagte Nate, »genauso wie es ihn auf dem Meer ernährt hat, als er nichts zu essen und zu trinken hatte.«

»Wie sieht dieser Kerl denn aus?«, fragte Richie.

»Das schreibt McFeen nicht«, antwortete Sandy. »Es ist durch die Übersetzung schwer zu sagen, aber ich glaube, er wusste es auch nicht genau.«

»Er sagt, das Äußere seines Mentors habe sich verändert«, merkte Nate an, »aber nicht in welcher Weise.«

»Wenn dieses Ungeheuer böse Dämonen auffrisst«, sagte Richie, »dann bedeutet das doch bloß weniger Arbeit für uns, oder? Vielleicht könnte der Kerl ja das TIER für uns erledigen.«

»Nein«, erwiderte Nate. »Blindlings Chaos zu zerstören macht die Welt nicht besser. Würdest du etwa alle Löwen auf der Welt töten, nur weil hin und wieder einer einen Menschen anfällt?«

»Wenn ich derjenige wäre, den er gerade auffuttern will, dann vielleicht schon«, sagte Richie.

»Würdest du alle Überraschungen, alle Abwechslung und alles Unbekannte eliminieren wollen?«, fragte Nate. »Stell dir mal ein Leben vor, in dem es nichts gibt außer mechanischer Vorhersehbarkeit.«

Richie neigte den Kopf zur Seite. »Keine ausgeflippten Rockkonzerte mit spontanem Bühnestürmen?«

»Genau.«

Richie verzog das Gesicht.

»Wir fangen die gefährlichen Dämonen und die, die sich mit den Menschen nicht vertragen«, fuhr Nate fort. »Aber wir zerstören sie nicht, und den Rest lassen wir in Ruhe. Die Menschheit braucht ein gewisses Maß an Chaos.«

Richie nickte.

Nate streckte den Kopf zur Haustür hinaus und blickte prüfend die Straße auf und ab. Lillis Anhänger und der Käfer standen noch immer draußen. Lilli hatte sie bisher nicht abgeholt. Der Käfer funktionierte noch, und sie konnte ihn wegfahren, aber den großen Bus konnte er nicht mehr ziehen. In der anderen Richtung, zur Bucht hin, frischte der Wind auf. Ein Windstoß blies in Nates Richtung. Er legte den Kopf schräg und lauschte. Der Wind pfiff eine vertraute Melodie.

»Moment mal …«, sagte er und trat auf die Veranda hinaus. Sandy und Richie folgten ihm.

»Was ist denn?«, fragte Richie.

»Ja«, sagte Sandy, »was ist los?«

»Der Sturm«, murmelte Nate. »Ich muss ihn spüren.« Er ging auf die Straße und stellte sich mit ausgebreiteten Armen in den tosenden Wind; er konzentrierte sich, ließ sich von den Böen umfangen, erspürte sie, so wie Lilli das Karma unter der Brücke erspürt hatte. Der Wind kam aus verschiedenen Richtungen, blies offenbar willkürlich mal von hier, mal von dort und fühlte sich seltsam unentschlossen an. Plötzlich kribbelten Nates Nackenhärchen.

»Ich gehe«, verkündete er.

»Wohin?«, fragten die anderen gleichzeitig.

»Ins Auge des Sturms.«

»Wie bitte?«, sagte Sandy.

»Warum?«, fragte Richie.

»Weil Flappy dort ist.«

Nate war im Begriff, das große Boot startklar zu machen, als Sandy und Richie angerannt kamen und an Bord sprangen.

»Nate!«, rief Sandy. »Jetzt warte doch mal und denk nach. Ist das ein logischer Entschluss oder eine impulsive Handlung?«

»Du hast doch von den vier Elementen gesprochen, stimmt's?«, entgegnete Nate. »Feuer, Erde, Luft und Wasser.«

»Ja«, sagte sie.

»Der Dämonenfresser hat Kail gejagt, die Erde, dann Zunder, das Feuer. Dieser Sturm hier ist Luft. Und es ist Flappy. Ich kann ihn spüren.«

»Aber du lässt das Haus unbewacht zurück.«

»Der Dämonenfresser hat sich nebenbei ein paar kleinere Manifestationen einverleibt – Bier- und Spielplatzdämonen, Lillis Graffiti, die lebendig gewordene Troll-Statue –, aber seine richtigen Mahlzeiten sind die Elementardämonen der ersten Ebene. Als Zunder und Kail sich gezeigt haben, hat er sie sofort gejagt, und Flappy ist inzwischen so groß geworden, dass ich seine Gegenwart im Sturm spüre. Der Dämonenfresser spürt ihn auch.«

Nate löste ein Tau von der Seitenklampe. Sandy sah noch nicht überzeugt aus. »Weißt du, Flappy war mein erster Gehilfe. Er hat mir immer zur Seite gestanden. Diese Loyalität muss ich ihm nun auch erweisen. Außerdem«, fügte er hinzu, »hoffe ich, dass das Haus nicht unbewacht bleibt.« Er warf Sandy einen flehenden Blick zu.

Sie seufzte. Sich mit einem Dämonenhüter einzulassen war ihre eigene Entscheidung gewesen. Die Beziehung war manchmal ziemlich chaotisch und sogar gefährlich. Verglichen mit ihrem einfachen geordneten Leben als junge Bibliotheksassistentin war es aber immerhin richtig spannend. Doch Nate sah, dass es Sandy nicht behagte, zurückgelassen zu werden.

»Ich tue es noch dieses eine Mal, Nate«, sagte sie. »Aber wenn du das nächste Mal zu einem Abenteuer aufbrichst und mich nicht mitnimmst, werde ich bei deiner Rückkehr nicht mehr da sein.«

Selbst in seiner Eile hielt Nate inne. Sandy plapperte nie gedankenlos daher oder bluffte – sie war ein offener und direkter Mensch und tat immer genau das, was sie sagte. Er sah, dass sie es ernst meinte. Er überlegte einen Moment, dann nickte er. »Verstehe«, sagte er, trat zu ihr heran und gab ihr einen Kuss. Diesmal verfehlte er ihren Mund nicht … oder ihre Zunge. Auch fanden seine Hände die Rundungen ihrer Hüften. Und trotz seiner Eile ließ er sich Zeit. Sandy lächelte, als er sie schließlich losließ, und stieg zurück an Land.

»Richie«, rief Nate. »Du bist mein Lehrling. Hilf mir,

das Boot startklar zu machen und es durch die Schleusen in den Puget-Sund hinauszufahren!«

Richies Miene erstrahlte. »Aye-aye, Sir!«, sagte er, flitzte über das Boot und zog die Abdeckplanen von allerlei seltsamen Gerätschaften. Netze, Käfige und hölzerne Rüstungsteile kamen zum Vorschein. Zum ersten Mal sah er den Namen des Kutters – WANDERER. Als er eine Plane von einem großen Gebilde auf dem Vorderdeck herabzog, schossen seine Brauen in die Höhe. Ein schlanker Stahllauf war an einem aufs Deck genieteten Drehständer befestigt. Ein zusammengerolltes Seil führte an der Seite in das Gerät hinein, und aus der Spitze des Laufs ragte ein eiserner Widerhaken. Es war eine Harpunenkanone.

»Cool«, sagte Richie. Er löste das letzte Tau und erstattete Meldung. »Käpt'n, alles erledigt. Wir sind startklar«, rief er, und plötzlich wurde ihm bewusst, dass er als Hilfsmatrose keinen einzigen echten Seefahrer-Ausdruck kannte; trotzdem war er hocherfreut, überhaupt an Bord zu sein.

Nate winkte Sandy zu.

»Wie kann ich helfen?«, rief sie und klang mehr denn je wie eine brave Bibliothekarin.

»Pass einfach auf das Haus auf«, antwortete er. »Und sag der Tür, sie soll auf keinen Fall Fremde hereinlassen.«

Dann trat Sandy vom Boot zurück, der Motor erwachte tuckernd zum Leben, und die Jungen schipperten los.

21. Kapitel

Noch eine Bootspartie

Nate steuerte den WANDERER über den See, durch die Ballard-Schleusen und hinaus ins aufgewühlte Wasser des Puget-Sunds. Hinter ihnen schrumpfte Seattle zu einem winzigen Punkt zusammen, während sie an den dunklen, schattenhaften San-Juan-Inseln vorbeituckerten. Der Sturm gewann unablässig an Stärke, und Nate fuhr den Kutter direkt darauf zu, trotz der Funkwarnungen der Küstenwache, sich umgehend im nächsten Hafen in Sicherheit zu bringen.

»Wonach suchen wir eigentlich?«, fragte Richie.

»Nach dem Auge des Sturms. Dort muss Flappy sein.«

Richie starrte mit zusammengekniffenen Augen in die eisigen Windböen, die ihnen auf jedem Wellenkamm entgegenschlugen. Pernikus sprang auf die Reling, um bessere Sicht zu haben.

»Warum denkst du, dass er im Auge des Sturms is?«, brüllte Richie gegen den Wind an.

»Kail ist ein Erddämon und wuchs zu zerstörerischer Größe an, sobald er in die freie Wildbahn entkam. Zunder war ein Feuerdämon und verwandelte sich in ein flammendes Inferno, nachdem der Dürre Mann ihn nicht mehr unter Kontrolle hielt. Flappy ist wahrscheinlich auch mächtig gewachsen. Er ist ein Luftdämon, und ich glaube, er hat diesen Sturm verursacht.« Nate deutete auf den heulenden Wind. »Er wird im Zentrum sein.« Stirnrunzelnd blickte Nate auf das Deck hinab. »Pernikus, runter von der Reling! Wir haben keine Zeit, um anzuhalten, wenn du ins Meer fällst und ich dich rausfischen muss.«

Während Nate und Richie miteinander sprachen, tauchte im Wasser ein breiter Schatten von der Größe einer Limousine auf und glitt neben dem WANDERER her. Nikolai bemerkte ihn, packte Pernikus unsanft am Hals und riss seinen Gefährten von der Reling, gerade als das Wesen aus den Wellen emporschnellte und genau dort, wo eben noch der Kobold gestanden hatte, über die Reling hechtete.

Der Leib des Wesens war segmentiert wie der eines Tausendfüßlers. Die Vorderflossen, mit denen es sich aus dem Wasser abgestoßen hatte, verschwanden plötzlich in schleimigen Körperöffnungen, und an ihrer Stelle schossen glitschige Tentakel heraus und griffen nach den kleinen Dämonen.

RUMMS!

Das Wesen, das einen kugelrunden Kopf und ein riesiges Maul hatte, krachte aufs Deck und verbog die Reling unter sich.

Nik sprang mit Pernikus im Arm zur Brücke hinauf und entging den heranpeitschenden Tentakeln um Haaresbreite. Während der Kutter mit voller Kraft weiterfuhr, zerrte die Strömung das Ungeheuer am glitschigen Bauch in die Wellen zurück. Es platschte überraschend leise ins Wasser, tauchte ab und hinterließ als Zeichen seines Besuchs nur die verbogene Reling und zwei verängstigte Dämonen.

»Naaaaate!«, brüllte Richie. »Was war daaaas?«

Nate stand auf der Brücke und starrte aufs Meer; seine Gehilfen klammerten sich an seine Regenjacke. Er hatte das Wesen nicht genau gesehen.

»Und sag nich, du weißt es nich!«, rief Richie.

Argwöhnisch riss Nate den Kopf herum. »Das war kein Orcawal«, rief er, »und auf keinen Fall war es Flappy.« Aber worum es sich bei dem Wesen handelte, konnte er Richie nicht sagen, denn er hatte nur einen flüchtigen Blick darauf erhascht, bevor es wieder verschwunden war.

WUMM!

Das Boot erbebte.

»Das Ungeheuer rammt uns!«, rief Richie. »Wir gehen unter!«

»Wir gehen nicht unter«, erwiderte Nate. »Aber leg sicherheitshalber die Holzrüstung an. Sie schwimmt.«

Richie tat wie geheißen. Der seltsame Überzug war im Stil eines mittelalterlichen Plattenpanzers geschnitten. Er war riesig und hing wie ein Kleid an ihm, war aber überraschend leicht und bequem, und das uralte Teakholz war selbst in Seattles feuchtem Klima nicht verrottet.

»Komm nach oben, und lös mich ab!«, rief Nate.

Richie kam in seiner Rüstung heraufgeklettert, und Nate überließ ihm das Steuer.

»Fahr direkt in den Sturm hinein«, erinnerte er seinen Lehrling, dann nahm er ein Fernrohr und suchte das Wasser nach dem Wesen ab.

»Wo steckst du?«, murmelte er. »*Was* bist du?«

»Vielleicht isses abgehauen«, sagte Richie hoffnungsvoll.

Plötzlich vernahmen sie ein lautes, grässliches Kratzgeräusch, das vom Bootsrumpf zu kommen schien. »Glaub ich nicht«, sagte Nate.

Er sprang hinunter aufs Deck, beugte sich über die Reling und fragte sich kurz, ob das Wesen aus dem Wasser schießen und ihn packen würde wie ein springender Lachs, der sich eine Fliege schnappt. Er blickte hinab und entdeckte bestürzt die Ursache für das Kratzgeräusch. Riesige Krebsscheren hatten den Kutter von beiden Seiten gepackt und bohrten sich in den Rumpf. Das Wesen ließ sich von ihnen mitziehen.

»Es ist riesig«, seufzte Nate. Sie mussten es irgendwie abschütteln. Schon sickerte das erste Wasser durch ein Loch in der Bordwand des hölzernen Gefährts.

Nate blickte sich um, dann eilte er zum Bug, wo der große Anker lag. Er band schnell ein Netz daran fest und legte einen Hebel an einer der mechanischen Apparaturen um. Eine Maschine sprang an, die sich durch mehrere

Gänge schaltete und dann das Netz über den Bug hinaushob und langsam absenkte. Nate bedeutete Nik, den Anker ins Meer zu werfen.

Das Netz sank ins Wasser, und das Boot fuhr direkt darüber hinweg, so dass es an der Unterseite des Gefährts entlangstrich, sich um den Angreifer legte und ihn, als Momente später der Anker in die Fluten stürzte, vom Rumpf losriss.

KNIRSCH!

Der Kutter bäumte sich auf, während die Scheren knapp über der Wasserlinie eine Holzplanke aus der Bordwand rissen. Nate packte die Reling. Nik flog an ihm vorbei, purzelte durch Regen und Wind. Nate packte Pernikus am Schweif, während der Kobold Niks fellbedecktes Bein festhielt. Beide Gehilfen baumelten über dem Wasser.

Plötzlich durchbrachen sie den Sturm, und das Boot erreichte ruhiges Fahrwasser. Pernikus zog Nik herauf, und Nate half den beiden, sich wieder an Bord zu hangeln.

Richie zog den Gashebel zurück. »Was jetzt?«

»Wir sind angekommen«, sagte Nate.

»Wo?«

»Im Auge des Sturms.«

22. *Kapitel*

Das Auge des Sturms

Um sie herum wütete der Sturm unvermindert weiter, aber in allen Richtungen erst in einem Abstand von fünfzig Metern. Die Jungen schauten sich ungläubig um. Mit den brodelnden Wellen und dem heulenden Wind in der Ferne wirkte die plötzliche Ruhe, die sie umgab, vollkommen unwirklich. Der WANDERER trieb wie in einer geschützten Luftblase dahin, in der die Naturgesetze außer Kraft gesetzt schienen – und das eigens, damit die Jungen ihren Dämonenauftrag erledigen konnten.

»Wonach suchen wir denn?«, fragte Richie.

Nate spürte, wie sich seine Nackenhärchen sträubten, ein Kribbeln, als würde ihm eine Spinne über die nackte Haut krabbeln. Er blickte geradewegs nach oben.

»Danach«, sagte er.

Hoch über ihnen im Zentrum des tosenden Wirbelwinds schwebte eine dunkle Gestalt. Als die beiden hinaufschauten, schlug die Entschlossenheit in Nates Blick erst in Unsicherheit, dann in Angst um. Eine ferne Erinnerung stieg in ihm auf, und er verspürte die gleiche Beklommenheit wie zuvor in Lillis Anhänger, als die visuellen Manifestationen seine tiefsten Empfindungen dargestellt hatten. Der Wirbelwind über ihm klang vertraut, allzu vertraut. Die schäumenden Wellen, die in der Ferne den Kutter umkreisten, erinnerten ihn an eine lange vergangene Nacht, an den Albtraum aus seiner Kindheit.

»Ich kenne dieses Wesen«, überlegte er halblaut, und seine Stimme zitterte.

»Klar, das is Flappy, oder?«, erwiderte Richie, der annahm, Nate rede mit ihm.

»Nein, das kann nicht sein«, sagte Nate, mehr zu sich selbst als zu Richie. »Es ist jemand anders.« Plötzlich schüttelte er dem Unbekannten drohend die Faust entgegen. »Ich kenne dich, Dämon! Ich kenne diesen Wind!«

Dann stellte er sich breitbeinig an den Bug des Schiffes. »Ich fordere dich heraus, du Mörder! Du hättest vor Jahren auch mich umbringen sollen, als du mir meine Eltern geraubt hast. Denn jetzt bin ich zurückgekommen!«

»Nate, beruhig dich«, sagte Richie nervös.

Aber der junge Hüter war zu aufgewühlt. »Komm runter und kämpfe!«

Einen Moment lang tat sich nichts, dann machte die Gestalt über ihnen eine Kehrtwendung und schoss auf die Wasseroberfläche herab. Sie hatte riesige Flügel, die die Luft peitschten und in alle Richtungen orkanartige

Windböen auslösten. Allmählich wurden seine gewaltigen Ausmaße deutlich. Das Wesen war so groß wie ein Linienbus, selbst wenn man die Flügel nicht dazurechnete, die genau genommen ein bisschen zu klein waren für den riesigen Körper. Es war sogar noch größer als der Troll, und sie befanden sich genau an der Stelle, auf die der Dämon herabstieß.

»Nein!«, brüllte Richie. »Hau ab! Lass uns in Ruhe!«

Nate stürmte über das Vorderdeck, schwang die Harpunenkanone herum und kippte sie steil nach oben, so dass der Lauf fast senkreckt in die Höhe zeigte.

»Na komm schon, du Mörder!«, rief er und nahm die Gestalt mit der Harpune ins Visier.

Allmählich konnte Richie ihren Gegner erkennen. Es war ein riesiges, reptilienartiges Geschöpf, und es flatterte wild mit seinen kleinen Flügeln.

»Nate«, rief er, »das *ist* Flappy!«

Der junge Hüter erstarrte. Nun merkte auch er, wen er vor sich hatte. Sein erster Gehilfe – den er jahrelang nur als seinen kleinen aufgekratzten Gefährten gekannt hatte – war in freier Wildbahn tatsächlich zu einem riesigen, kampfbereiten Ungeheuer herangewachsen, so wie Zunder, so wie Kail, und genauso wie damals in jener Nacht, als Flappy seine Eltern und ihn in die tosenden Meeresfluten geschleudert hatte.

Nates Gedanken taumelten zu dem Tag zurück, als sein Mentor, Mr. Dhaliwahl, zum ersten Mal die Knobelbox geöffnet hatte. Nate hatte damals erst seit einem knappen Monat als Lehrling bei Dhaliwahl gewohnt, und seine Rolle als künftiger Dämonenhüter war ihm noch nicht vollends klar gewesen.

»Streck die Hand aus, mein Junge«, sagte Dhaliwahl mit seinem breiten ostindischen Akzent, während er mit seinen verschrumpelten alten Fingern den Deckel aufschraubte. »Ich möchte dir etwas zeigen. Hier, nimm.«

Nate tat wie geheißen, und ein winziges Geschöpf krabbelte aus dem Behälter auf seine Hand. Dem Anschein nach ein kleiner Drache. Er schnaubte und blies Nate die Haare aus dem Gesicht.

»Kann er Feuer speien?«, fragte Nate.

Dhaliwahl verzog das Gesicht. »Sei nicht albern. Das ist kein Wesen aus einem Kindermärchen. Er ist ein Winddämon.« Dhaliwahl atmete tief durch. »Ich möchte dir zeigen, wie sanft er sein kann, und dir beibringen, dass diese wilden Geschöpfe keinen Schaden anrichten.«

»Schaden anrichten?« Nate runzelte die Stirn. »Wie sollte dieser kleine Kerl das denn anstellen? Er ist ja richtig süß. Darf ich ihn behalten?«

»Ihn behalten?« Dhaliwahl zögerte. »Das halte ich nicht für klug …«

»Ich soll doch ein Hüter werden, oder?«

Dhaliwahl sah ihn gequält an, wenngleich Nate damals noch nicht wusste, warum. Der kleine Dämon legte sich auf die Seite und pustete Nate übermütig in die Nasenlöcher.

»Schau. Er mag mich«, lachte Nate. Er hatte nicht viel gelacht, seit seine Eltern bei dem grauenvollen Sturm ertrunken waren, der ihn zur Waise gemacht hatte, aber das zerrupfte kleine Wesen sah so hilflos und possierlich aus, dass er nicht anders konnte, als zu kichern. Der Winddämon sprang wieder auf, flatterte Nate auf den Kopf und zerzauste ihm die Haare, dann plumpste er zu Boden.

»So ein verrückter kleiner Kerl«, sagte Nate. »Ich nenne ihn Flappy.«

Der Dämon hatte sich inzwischen ein anderes Spiel ausgedacht, tobte in der Zimmerecke mit den Staubflusen herum und jagte ihnen vergeblich nach, während seine Luftstöße sie immer wieder vor ihm hertrieben.

»Na schön«, sagte Dhaliwahl schließlich. »Ihr beiden seid ein ungleiches Paar, aber vielleicht tut es euch gut, einander verstehen zu lernen.«

Die Wahrheit traf Nate mit der Wucht eines Güterzugs – sein eigener kleiner Gehilfe hatte den Sturm verursacht, in dem seine Eltern umgekommen waren.

Flappy kam auf das Boot zugeschossen und brachte stürmische Winde, Chaos und den Tod mit sich. »Du warst es!«, brüllte Nate. »Deinetwegen sind meine Eltern ertrunken!«

Er packte den Hebel, mit dem man die Harpune abschoss. »Ahhhhh!«, brüllte er.

Flappy sauste herab, trunken von seiner neu entdeckten Macht; er erkannte seinen eigenen Hüter nicht mehr. Genau genommen erkannte keiner der beiden den anderen – Wut, Chaos, Rachegelüste und der berauschende Strudel todbringender Macht, all das überlagerte das eigentlich sanfte Gemüt der beiden, die sich nun als unversöhnliche Feinde wiedersahen. Nate fauchte und zielte mit seiner Waffe. Der Winddämon schoss über das Wasser hinweg und zog einen Schweif aus Gischt hinter sich her.

Plötzlich schnellte das wurmartige Ungeheuer aus der Tiefe empor und ließ eine Riesenwelle über das Bootsheck schwappen. Pernikus stand auf dem hinteren Schott und wurde von der Wasserwand über Bord gespült.

Nate war zu sehr auf das Ziel seiner Wut konzentriert, um den Blick von Flappy loszureißen. Nik warf eine Schwimmweste ins Wasser, aber da schnappte plötzlich ein Riesenmaul danach, noch ehe sie Pernikus erreichte, und spuckte sie dann zerfetzt wieder aus.

Richie wirbelte auf der Suche nach einer Waffe herum und griff nach der Signalpistole.

»Nate!«, brüllte er. »Das Ding is zurückgekommen!« Richie richtete die Pistole auf das Ungeheuer, das durch die brodelnden Fluten auf Pernikus zuschwamm.

KNALL!

Das Leuchtgeschoss segelte durch die Luft, fiel aber noch vor dem Angreifer herunter und verlosch zischend im Wasser. Pernikus ruderte panisch mit den Ärmchen. Anders als das auf ihn zuschießende Ungeheuer war der schelmische Hauskobold kein geborener Schwimmer. Richie blieb keine Zeit, um eine neue Leuchtpatrone nachzuladen, und Nate war zu beschäftigt. Der kleine Dämon war dem Tod geweiht.

Aber das Ungeheuer sauste an Pernikus vorbei, ohne

sich für den Hausdämon zu interessieren. Stattdessen hielt es auf die lohnendere Beute zu – Flappy.

Als Richie sah, was das Ungeheuer vorhatte, rief er seinem Mentor zu: »Nate! Ich weiß, wer das is! Das is der Dämonenfresser!«

Diese Offenbarung riss Nate aus seiner Erstarrung. Er löste den Blick von Flappy, während zwischen ihnen der Dämonenfresser durch die Wellen pflügte.

Flappy bremste nicht ab, und so prallten die beiden im nächsten Moment hart mit den Köpfen zusammen.

RUMMS!

Die Kollision der Giganten ließ in alle Richtungen Wassermassen aufspritzen und auf den WANDERER herabprasseln, so dass Nate und Richie einen Moment lang nicht erkennen konnten, wie der Kampf weiterging.

Als Nate blinzelte und sich das brennende Salzwasser aus den Augen wischte, sah er, dass der Dämonenfresser sich um einen von Flappys Flügeln geschlungen hatte wie eine Python, die versucht, einen Adler zu fangen. Der Winddämon wirbelte im Kreis um den Angreifer herum und verursachte einen schäumenden Wasserstrudel, in dem beide zu ertrinken drohten.

Nate zielte mit der Harpunenkanone. »Mörder!«, rief er.

»Erschieß Flappy nich!«, flehte Richie. »Er wollte deine Eltern nich umbringen. Er war bloß ein außer Kontrolle geratenes wildes Tier, so wie jetzt auch.«

Nate schien ihn gar nicht zu hören und zielte sorgfältig. Das Maul des Dämonenfressers weitete und dehnte sich, um mehr und mehr von Flappy zu verschlingen, während die beiden Titanen langsam im Wasserstrudel versanken.

Flappy wurde also aufgefressen, sagte sich Nate. Aber der Winddämon befand sich genau im Fadenkreuz seiner Harpune. Er konnte Flappy selbst töten. Er brauchte nur zu schießen, oder er überließ die Sache einfach dem Dämonenfresser. So oder so, der Tod seiner Eltern würde mit der Vernichtung des Dämons, der sie umgebracht hatte, endlich gerächt werden.

»Du hast mir beigebracht, sie nich zu töten.« Richie stand plötzlich neben seinem Mentor. »Nich mal die Gefährlichen. Weil ihnen nich bewusst is, was sie anrichten, stimmt's?«

Nate nickte, drückte aber trotzdem ab.

PENG!

Die Harpune löste sich aus ihrer Halterung.

»Neiiin!«, rief Richie und hielt sich die Ohren zu, während eine Rauchfahne aus der Kanone aufstieg.

Aber das Geschoss traf nicht Flappy. Stattdessen bohrte sich die Harpune in den Dämonenfresser und ragte ihm plötzlich wie durch Zauberei aus dem Leib. Das Wesen brüllte, ließ Flappy los und stürzte in die Wellen zurück, wo es sich zuckend hin und her warf, als Nate die elektrische Winde einschaltete und es heranzog. Er ließ das Gerät laufen und rannte auf die Brücke, wo er den Gashebel nach vorn stieß und den Motor anwarf.

Der Dämonenfresser versuchte sich loszureißen, war aber durch die fest in seinem Außenskelett steckende

Harpune an das Boot gefesselt. Der WANDERER raste auf ihn zu wie eine nicht aufzuhaltende Dampfwalze.

RATSCH-RATSCH-RATSCH-RATSCH!

Die Schiffsschraube traf den Dämonenfresser, schrammte an seinem Außenskelett entlang und zerschnitt das Harpunenseil, wodurch das Ungeheuer freikam.

Flappy hatte sich aufgerappelt und stieg in die Luft; der Sturm erhob sich von neuem.

Richie sah Flappy gen Himmel flüchten und griff instinktiv nach der Knobelbox. Das Boot war allerdings viel zu weit entfernt, als dass er mit der Box den riesigen Dämon hätte erreichen können. Er schraubte den Deckel auf und spürte den Sog des uralten Artefakts, der darauf versessen war, das Chaos einzufangen und zu beschützen. Es war eines der machtvollsten Dämonenhüter-Werkzeuge überhaupt, und Richie schob die Box kurzerhand in die neu geladene Signalpistole und feuerte.

WUMM!

Die Patrone katapultierte die Knobelbox himmelwärts, mitten in Flappys aufgerissenes Maul. Der riesige Dämon verschluckte sie, dann hielt er ruckartig inne, und ein gewaltiger Windstoß fuhr herab und ließ Richie, Nate und Nik in allen Richtungen übers Deck purzeln.

Flappy begann zusammenzuschrumpfen. Nate starrte nach oben, unsicher, was da im Gange war. Er hatte nicht gesehen, wie Richie die Knobelbox abgeschossen hatte, und hätte er es getan, so wäre er entsetzt gewesen, das unbezahlbare Werkzeug womöglich für immer verschwinden zu sehen. Auch Richie beobachtete die Szene, aber er wusste genau, was los war – die Knobelbox saugte den Winddämon von innen auf. Flappy warf sich herum, dann implodierte er und verschwand in dem Behälter, der ihn aufsog wie ein Staubsauger.

Und plötzlich lag eine gespenstische Stille über der Bucht. Die Knobelbox fiel vom Himmel und schlug auf dem Deck des Kutters auf, um dann auf die Reling zuzugleiten.

»Nate, halt sie fest!«, rief Richie, aber sein Mentor kauerte zusammengesunken am Steuer, körperlich und seelisch ausgelaugt.

Die Box prallte an einer Klampe ab, flog in die Luft und rutschte über die Bootskante. Richie hechtete hinterher, erwischte sie aber nicht mehr. Die Schachtel fiel mit einem *Platsch* ins Wasser und verschwand aus seinem Blickfeld.

Richie lag bäuchlings auf dem Deck. »Äh, Nate…«, sagte er. Aber bevor er sich zu seinem Mentor umdrehen konnte, tauchte Pernikus im Wasser auf und hielt vorsichtig die Knobelbox in die Höhe.

»Dämon über Bord!«, rief Richie.

Nate rührte sich noch immer nicht, sondern blickte nur starr aufs Wasser.

»Hol ihn raus, Nik!«, befahl Richie.

Der Mini-Muskelmann zog an einer langen Stange ein Fangnetz durchs Wasser und fischte Pernikus heraus. Richie half dem kleinen Schelm an Bord, nahm die Box an sich und ging zu Nate.

»Der Dämonenfresser is verschwunden«, sagte er zu ihm und half ihm auf die Beine.

Das Ungeheuer war tatsächlich entkommen und hatte sich mit seinen schleimigen, austauschbaren Gliedmaßen in die dunklen Tiefen der Meerenge verzogen.

»Ich weiß«, murmelte Nate. »Ich habe meinen Gehilfen gerettet.«

»Das hast du richtig gemacht«, sagte Richie und sah den älteren Jungen mit aufrichtiger Bewunderung an.

»Findest du wirklich?«, fragte Nate.

»Ja, aber jetzt sollten wir nach Hause fahren«, sagte Richie. »Es is kalt, wir sind klitschnass, und Sandy wird sich Sorgen machen.«

Nate starrte hinaus auf den Puget-Sund und nickte geistesabwesend. Aber er trat nicht zur Seite, sondern umklammerte mit weiß hervortretenden Fingerknöcheln weiter das Steuer.

»Rutsch mal ein Stück«, sagte Richie. »Ich fahre.«

23. Kapitel

Zu Hause

Sandy wartete seit Stunden in dem verschlossenen Haus. Sie würde so großen Ärger mit ihren Eltern bekommen wie noch nie zuvor, überlegte sie. Außerdem langweilte sie sich, was fast noch schlimmer war. Deshalb konnte sie, als sie draußen ein Geräusch hörte, nicht widerstehen, durchs regenbeschlagene Fenster zu spähen. Die Sicht war verschwommen. Naserümpfend ging sie zur Haustür und öffnete sie einen Spaltbreit. Der Sturm war vor einer Stunde abgeflaut, aber es war noch immer düster und nass, und man konnte kaum etwas erkennen.

Sie ging auf die Veranda, schlich die Stufen hinab und spähte in die Dunkelheit. Als sie zur Straße hinüberblickte, keuchte sie auf. Neben dem Bordstein vor Nates Gartenweg ragte ein riesiger Schatten auf, und dahinter bewegte sich etwas.

Leichtfüßige Schritte drangen an ihr Ohr. Sie ging weiter, neugierig und erschrocken zugleich. Einen Moment später lehnte sie sich über Nates Gartenzaun. Draußen konnte sie die Umrisse eines riesigen Ungetüms erahnen. Es war drei Meter hoch und sechs Meter lang, hatte einen rechtwinkligen, an den Ecken abgerundeten Körper, und der Kopf war ein großer rundlicher Klumpen, der wie ein Schildkrötenkopf daraus hervorragte.

»Was willst du?«, fragte plötzlich eine schemenhafte Gestalt aus der Dunkelheit.

Sandy fuhr zusammen und unterdrückte einen Aufschrei, als die Gestalt näher kam. Es war Lilli.

Sandy atmete auf. »Was tust du hier?«

»Da der Sturm vorbei ist, verschwinde ich jetzt, so wie ihr gesagt habt. Ich wollte meinen Käfer holen. Den Bus werde ich wohl noch hierlassen müssen.«

Jetzt sah Sandy es auch: Der große schattenhafte Körper gehörte gar nicht irgendeinem Ungetüm, sondern es war Lillis vor Neebors Haus abgestellter Anhänger, der ihr einen solchen Schreck eingejagt hatte. Davor stand der Käfer. Der Dämonenfresser war also nicht aufgetaucht. Sie ärgerte sich, dass sie sich wegen eines ausrangierten Busses fast vor Angst in die Hosen gemacht hätte.

Die beiden standen am Gartenzaun und beäugten einander beklommen. Sie waren noch nie nur zu zweit gewesen, dachte Sandy, und sie merkte, dass es viel schwerer war, das Mädchen nicht zu mögen, wenn kein anderer dabei war. Sie betrachtete Lilli. Ihre Kleidung war durchnässt, und das normalerweise wild abstehende Haar klebte ihr klitschnass am Kopf, so dass sie aussah wie ein trauriger streunender Hund.

»Wo willst du denn hin?«, fragte Sandy.

»Keine Ahnung. Irgendwohin. Ich habe bisher noch keinen Ort gefunden, an dem ich es länger aushalte. Als ich Nate kennenlernte, dachte ich: ›Wenigstens gibt es noch jemand anderen, der so ist wie ich.‹ Aber er ist dein Freund, stimmt's?«

Sandy nickte. »Hast du das nicht gewusst?«

»Ich habe nicht gefragt. Ich wollte nicht. Hätte ich aber tun sollen. Tut mir leid.« Lilli sah Sandy prüfend an. »Aber es ist schon in Ordnung. Eure Auren sind extrem unterschiedlich, aber sie ergänzen sich.«

»Wirklich?«

»Ja. Wenn ich es mir genau überlege, dann passen sie trotz aller Unterschiede sogar sehr gut zusammen. So wie Lila und Gelb gut zusammenpassen. Und in bestimmten Momenten verschmelzen sie sogar miteinander.«

»Und was bedeutet das dann?«

»Dass man mit dem anderen herumknutscht.« Lilli grinste und zwinkerte Sandy zu. »Hör mal, ich wusste nicht, dass ihr beiden zusammen seid. Ich meine, zugegeben, ich hätte es wissen sollen, aber ich war so aufgeregt, jemanden kennengelernt zu haben, der so ist wie ich, dass ich gar nicht auf die Idee kam, er könnte eine Freundin haben.«

Nun fasste Sandy einen Entschluss. Sie hatte nichts mehr gegen Lilli. Das impulsive, umherziehende Mädchen war nicht berechnend oder hinterhältig – Lilli ließ sich einfach vom Wind dorthin tragen, wo das Schicksal sie hinführte. Leider führte es einen manchmal zum

Freund eines anderen Mädchens oder stellte einem im vollen Lauf ein Bein, so dass man der Länge nach hinschlug. Und Lilli war das genaue Gegenteil von ihr. Sandy plante ihre Tage bis ins letzte Detail und wog jede Entscheidung sorgfältig ab. Genau genommen war sie viel berechnender als das Mädchen auf der anderen Seite des schmiedeeisernen Zauns, und sie hatte kein einziges Mal versucht, nett zu ihr zu sein.

»Weißt du, ich kann es dir gar nicht übelnehmen, dass du Nate interessant gefunden hast«, sagte Sandy. »Er ist ja auch interessant.«

Lilli sah erleichtert aus. »Danke. Ich bin schon so lange allein. Ich brauchte einfach die Nähe zu einem anderen Menschen. Ich bin nämlich nicht wie andere Mädchen. Ich bin …«

»Besonders?«, sagte Sandy.

»Eigenartig.«

»Einzigartig.«

Lilli merkte, dass sie das Wortgefecht mit Sandy vermutlich nicht gewinnen würde. »Ausgeflippt?«, versuchte sie es noch einmal.

»Ausgeflippt und ziemlich cool«, sagte Sandy.

»Findest du?« Lillis Stirnrunzeln verwandelte sich in ein weiches, hoffnungsvolles Lächeln.

»Ja«, antwortete Sandy. »Manchmal wäre ich gerne genauso locker drauf wie du.«

»Keine Sorge. Du hast schon eine ziemlich entspannte Art, glaub mir.«

»Und ich wette, du hättest manchmal gern ein bisschen mehr Ordnung in deinem Leben, oder?«, sagte Sandy.

»Eigentlich nicht«, entgegnete Lilli.

In diesem Augenblick kam eine dunkle Gestalt die Straße heraufgehumpelt.

»Nate!«, rief Sandy. Sie ließ das Gartentor offen und rannte der Gestalt entgegen. Doch es war nicht Nate. Der Besucher hatte einen röhrenartigen Körper, einen runden Kopf und lange dünne Glieder. Im Halbdunkel sah er kaum wie ein Mensch aus. Es war Calamitous.

»Ah, da ist der bunt angemalte Bus«, sagte er. »Calamitous hat ihn wiedergefunden.« Er schnüffelte in die Luft. »Er ist noch immer leer, aber ganz in der Nähe sind noch viele andere, nicht wahr?« Er wandte sich langsam zu Nates Haus um und folgte seiner Nase.

Lilli lugte hinter Sandy hervor. »Ich schwör dir, der Kerl ist ein Spanner«, flüsterte sie ihr zu.

»Aha!« Calamitous rang die nervösen Hände. »Das andere Weibchen, das, das sie gehütet hat«, sagte er und trat nun vollständig aus dem Schatten heraus. Die Mädchen keuchten auf. Sein Gesicht war zerfleischt, und beim Gehen presste er die Hand gegen die Seite und verbarg damit einen länglichen Gegenstand unter dem Mantel. »Ladet ihr mich ein hereinzukommen? Ja? Nein? Benötigt Calamitous dazu wirklich eure Erlaubnis?«

»Fehlt Ihnen etwas?«, fragte Sandy. »Brauchen Sie einen Arzt?«

»Ach was, nein, nein«, kicherte Calamitous. »Ich habe nur meine letzte Mahlzeit verpasst und verspüre einen …

Mordshunger.« Er taumelte vorwärts, streckte die langgliedrige Hand nach Lilli aus und strich ihr über den Kopf, als wolle er von dem Mädchen kosten.

Sandy packte Lilli bei der Hand, fuhr herum und zog das Mädchen auf Nates Veranda und ins Haus hinein, dann schlug sie die Tür hinter ihnen zu.

RUMMS!

Einige Minuten später schleppten sich Nate und Richie auf die Veranda, erschöpft und bis auf die Haut durchnässt. Pernikus und Nik hoppelten neben ihnen her und traten sich aus Spaß gegenseitig ins Hinterteil.

»Tut mir leid, Alter, dass Flappy der Täter war«, sagte Richie und klopfte Nate auf den Rücken. »Ich bin sicher, dass er nich weiß, was er tut, wenn er so groß wird.«

»Ich möchte nicht darüber reden«, murmelte Nate.

Er ging zur Tür und griff nach dem Drehknauf. Doch der ließ sich nicht bewegen. »Tür, öffne dich«, sagte Nate. Einer der vielen Schließriegel bewegte sich, glitt aber nicht zurück, sondern nach vorn in den Türrahmen. Offenbar verriegelte sich die Tür selbst.

RUCK-RUCK-RUCK-RUCK!

Nate hämmerte gegen das Holz. »Los, öffne dich!«

Plötzlich flog die Tür auf, und Lilli ging mit einem Feuerlöscher auf Nate los. Weißer Löschschaum spritzte ihm ins Gesicht, und er taumelte rückwärts über die Veranda.

»Hör auf!«, rief Sandy.

»Oh, Mist.« Lilli ließ den Feuerlöscher sinken. Zoot,

der auf ihrem Kopf gethront hatte wie ein unförmiger rosa Hut, verschwand schnell im Muster ihrer Bluse.

Sandy rannte hinaus, um Nate zu helfen. »Wir dachten, du wärst Calamitous.«

»Calamitous?«, erwiderte Nate und spuckte Schaum aus.

»Er war hier«, sagte Lilli, »und hat sich aufgeführt wie ein Verrückter.«

»Er war völlig zerschunden und hat von sich selbst in der dritten Person geredet«, fügte Sandy hinzu. »Er schnüffelte herum, da sind wir ins Haus gerannt und haben uns eingeschlossen.«

»Auch das noch«, sagte Nate. »Wir müssen unbedingt verhindern, dass er herausfindet, was wir hier tun! Wann habt ihr ihn zuletzt gesehen?«

WUMM!

Plötzlich fiel Calamitous von der Verandadecke herab und landete auf seinen vier dünnen Gliedmaßen.

Richie machte einen Satz rückwärts. »Was zum …!«

»Ohhh!«, entfuhr es Lilli.

Calamitous baute sich vor den vieren auf und schnüffelte wie wild; Geifer tropfte ihm aus dem Mund. Sein Blick heftete sich auf Nik und Pernikus.

»Wie konnten Sie sich so lange an der Decke festklammern?«, fragte Nate. Er funkelte Calamitous misstrauisch an. Irgendetwas stimmte definitiv nicht mit dem Mann. Er hatte ihn von Anfang an seltsam gefunden. Nate wusste nur nicht genau, was seinen Argwohn erregte.

»Sie sind hier!«, kicherte Calamitous. »Hunderte, vielleicht tausende. Du weißt nur nichts mit ihnen anzufangen.«

»Siehst du?«, sagte Lilli. »Völlig verrückt.«

»Was wollen Sie?«, fragte Nate vorsichtig und wünschte plötzlich, der seltsame Mann stünde nicht zwischen ihm und der Haustür, hinter der sich all seine Geheimnisse verbargen.

Calamitous grinste. »Ich will sie auffressen«, krächzte er.

Er holte mit einem insektenartigen Arm aus und stieß Richie von der Veranda. Sein Körper begann zu zittern, sich aufzublähen und zu verzerren. Der Mantel fiel von ihm ab und offenbarte die aus ihm herausragende Harpune, deren mit einem Widerhaken versehene Spitze in Calamitous' Leib steckte.

»Widerlich!«, stieß Lilli hervor.

»Zurück!«, rief Nate den anderen zu.

Calamitous verwandelte sich vor ihren Augen in einen schleimigen Riesenwurm. Weitere dürre Insektenbeine bohrten sich durch seinen Anzug und rissen ihn in Fetzen.

»Der Dämonenfresser!«, brüllte Richie.

Sie sprangen alle von der Veranda ins Gras oder in die lebenden Büsche. Nik aber war zu langsam. Calamitous bekam den kleinen Muskelprotz mit einem seiner langen Scherenarme zu fassen. Nik wandte sich dem Arm zu und brach ihn mit seinen gewaltigen Kräften entzwei, aber Calamitous ließ aus derselben schleimigen Gelenkpfanne einfach einen neuen Arm herausschießen und bekam den kleinen Dämon wieder am Fußknöchel zu fassen. Er hielt Nik kopfüber vor sein aufgerissenes Maul, das voller messerscharfer Zähne war. Trotz seiner gewaltigen Kraft war Nikolai hilflos.

Pernikus packte den Feuerlöscher und flitzte auf die Veranda zurück, rammte Calamitous die Spritzdüse ins Maul und füllte es mit Schaum.

Nate brüllte seinen Gehilfen zu: »Nik, Pernikus, haut ab!«

Das Ungeheuer wirbelte herum, verwirrt und überrascht, und spuckte feuerhemmenden weißen Schaum wie ein tollwütiger Hund. Nik wand sich aus der Umklammerung und sprang zusammen mit Pernikus von der Veranda.

Eine Engelsstatue neben der Tür wandte sich um und wollte ebenfalls flüchten. Das war ein Fehler, denn die Bewegung entging den Glupschaugen des Ungeheuers nicht. Calamitous stopfte sich den Engel ins Maul und zerbiss die Statue in eine Million Einzelteile, dann fuhr er herum und nahm einen Bissen von dem dämonischen Strauchwerk entlang der Veranda, als wäre sie eine Salatbar.

Lilli, Sandy und Richie rannten über den Rasen, um sich in Sicherheit zu bringen, aber Nate stand da wie erstarrt.

»Die Tür!«, rief er.

Die anderen blieben stehen und wandten sich um. Die Haustür stand offen und zitterte erschrocken in den Angeln. Trotz seiner sich rasend schnell vollziehenden Verwandlung war Calamitous noch Mensch genug, um das Wort »Tür« zu verstehen. Der riesige Wurm schnellte vorwärts, schlug sie entzwei und verschlang einen Bissen von dem jahrhundertealten Holz, dann stürmte er ins Haus, wo sich die übrigen Dämonen verbargen.

»Neiiin!«, brüllte Nate.

Drinnen ertönte jetzt eine Kakophonie aus Kreischen, Angstschreien und wildem Gebrüll.

Nate stürmte auf die Veranda zurück, während im Haus fürchterliche Schmatzgeräusche zu hören waren.

»Nate, geh da nicht rein!« Es war Sandy, die Stimme der Vernunft.

»Hör doch, was da passiert!«, rief Nate. »Da drin sterben meine Dämonen.«

»Es ist meine Schuld«, sagte Lilli. »Ihr hattet recht. Ich habe ihn hergeführt.«

Nate rannte zu seiner eingeschlagenen Haustür. Die ganze obere Hälfte fehlte. Er packte den Knauf, der ihm sogleich leblos in die Hand fiel. Die Dämonentür war tot.

»Du kannst ihn nicht aufhalten!«, rief Sandy.

»Aber ich kann doch nicht hier draußen herumstehen und nichts tun!«, rief Nate zurück.

»Aber ich habe das *Kompendium* gelesen«, widersprach Sandy. »Er ist kein Dämon. Du hast keine Macht über ihn.«

»Ich geh da nicht rein, um gegen ihn zu kämpfen. Ich will nur meine Dämonen retten. Lilli, du verstehst mich doch, oder?«

Aber sie stürmte schon an ihm vorbei ins Haus.

»Warte!«, brüllte Nate, doch sie war bereits verschwunden. Er hörte einen gewaltigen Zusammenprall. »Alle anderen bleiben draußen!«, rief er und rannte hinter Lilli her.

»Auf keinen Fall«, sagte Richie, der sah, wie sein Freund sich ins Schlachtgetümmel stürzte, und ihm hinterherstürmte.

24. Kapitel

Rettungsmission

Verwüstung. Zersplittertes Holz. Zertrümmerte Wände. Als Richie in die Eingangshalle geschlittert kam, stand Nate starr vor Entsetzen da, die Augen weit aufgerissen.

»Die Zierleisten …«, sagte Richie, der sah, dass die dekorativen Holzarbeiten an den Wänden der Diele fehlten.

»Aufgefressen«, sagte Nate traurig.

»Was is mit dem laufenden Tisch am Eingang?«

»Tot.« Nate deutete auf die abgenagten Überreste am Boden.

»Und der Beinsteller-Teppich?«

»Verschlungen.«

»So schnell?«

Nate zeigte auf die Türflügel zum Speisezimmer. Die Einfassung war auf beiden Seiten zertrümmert. »Er wächst mit jedem Dämon, den er sich einverleibt – erst Zunder, dann der Troll«, sagte er. »Du hast gesehen, wie groß er draußen in der Bucht war. Und jetzt wächst er weiter.«

»Wo is Lilli?«, fragte Richie und blickte sich suchend um. In der Diele war niemand außer ihnen beiden. So weit sein Auge reichte, war nichts mehr am Leben.

Nate schüttelte den Kopf. »Verschwunden«, sagte er mürrisch und biss sich auf die Lippe. »Du solltest auch besser verschwinden.«

»Nein«, entgegnete Richie trotzig.

Nate hatte keine Zeit zum Streiten. »Dann geh in die Zimmer, die er noch nicht verwüstet hat.«

»Und was soll ich da tun?«

»Mach die Fenster auf.«

»Weiter nichts?«, fragte Richie.

»Nein! Na los jetzt!«

Richie nickte, rannte durch den Flur und riss die beiden Masken von den Wänden.

»He!«, beschwerte sich Holzauge.

»Aua! Häng mich zurück!«, maulte Eisengesicht.

»Wenn ich du wär, würd ich ausnahmsweise mal die Klappe halten«, sagte Richie, »außer du willst draufgehen.«

»Soll das eine Drohung sein?«, empörte sich Eisengesicht. »Falls dem so sein sollte, versichere ich dir –«

»Halt's Maul!« Richie kam schlitternd zum Stehen, riss das Fenster am Flurende auf und schleuderte die Eisenmaske nach draußen.

»Ojeeeeeee!«, rief sie, während sie in hohem Bogen durch die Luft segelte.

Richie holte mit der Holzmaske aus.

»In die Büüüüsche…«, stöhnte Holzauge, während er seinem Partner hinterherflog.

Nate stürmte ins Speisezimmer und sah, dass es dort bereits einen heftigen Kampf gegeben hatte. Die Wände waren von riesigen Krallen aufgerissen. Mitten im Zimmer lag der umgekippte, zertrümmerte Klauenfuß-Esstisch und knurrte wie ein angeschossener Löwe.

Nate kniete nieder. »Tut mir leid, alter Junge«, flüsterte er. »Wirklich, es tut mir so leid.«

Der Tisch ächzte. An einer seiner Klauen klebte grünes Blut.

»Du hast den Kerl schwer erwischt, stimmt's?«, sagte Nate.

Der Tisch war ein stolzes, königliches Möbelstück aus Europa, jahrhundertealt. Er drehte sich auf die Seite und stieß einen wohligen Seufzer aus – zufrieden, dass ihm selbst in der Niederlage noch ein guter Treffer gelungen war. Nate hielt die ausgestreckte Klaue in den Armen und spürte, wie sie steif wurde, als ihr das letzte Chaos entströmte; dann war der Tisch tot.

Er erhob sich und kämpfte mit den Tränen, die ihm in die Augen gestiegen waren, als er auch hier keine Spur von Lilli entdeckt hatte. Bestürzt schlich er zur Küchentür.

Über der abgerissenen Zierleiste in der Eingangshalle regte sich eine gestreifte Tapetenbahn, wölbte sich und verwandelte sich in einen rosafarbenen, birnenförmigen Klecks. Mit einem leisen *Plopp* lösten sich Zoots Clownsfüße, die dünnen Ärmchen und übergroßen Hörner aus der Wand, und der kleine Kerl sprang herab und schüttelte den Staub ab, der seit dem explosiven Zusammenprall seinen Leib bedeckte.

Als sie ins Haus gerannt waren, hatte er in Lillis Hosenbein gesteckt, und der massive Bauch des Dämonenfressers war ihnen in die Quere gekommen, während sich das Ungeheuer über den senffarbenen Teppich hergemacht hatte.

Der Bauch hatte Lilli mit voller Wucht getroffen und gegen die Wand geschleudert, so dass sie ohnmächtig zu Boden gesunken war. Zum Glück war der Dämonenfresser vollauf damit beschäftigt gewesen, sich den Teppich ins Maul zu stopfen und ihn hinunterzuschlingen. So konnte Zoot schnell das Tapetenmuster und die Maserung des Fußbodens nachahmen, um Lilli rasch mit einer improvisierten Tarnkappe zu bedecken.

Als das Ungeheuer mit dem Teppich fertig war, hatten seine Glupschaugen gierig nach neuer Beute gesucht. Doch die Luft im ganzen Haus war mit dem Geruch von Dämonen geschwängert, deshalb hatte es Zoot nicht gewittert und war ins Speisezimmer weitergeeilt, während der kleine Gehilfe bibbernd vor Angst und Wut bei seiner bewusstlosen Seelengefährtin zurückblieb.

Das alles geschah innerhalb weniger Sekunden. Lilli war auf die Wucht des Zusammenpralls nicht vorbereitet gewesen. Sie kannte keine Gewalt und wusste nicht, wie plötzlich diese ausbrechen konnte. Zoot kannte derlei Dinge auch nicht, aber er lernte schnell dazu. Er legte die Stirn in Falten – das nächste Mal würde es ihn nicht mehr überraschen. Aber er konnte Lilli nicht allein in Sicherheit bringen, denn er war in erster Linie eine visuelle Manifestation und verfügte nur über begrenzte Körperkräfte. Er brauchte Hilfe. Die anderen Hüter hatten sich in die Tiefen des Hauses begeben, wo es vermutlich noch gefährlicher war. Hilfe für seine Gefährtin musste also von draußen kommen. Er würde versuchen, die Unterstützung des starken blauen Dämons zu gewinnen, überlegte er, doch dann fiel ihm ein, wie er diesen von oben bis unten mit gelben Farbtupfern bekleckert hatte. Er nahm sich vor, ihn als Erstes um Verzeihung zu bitten, aber wenn der Kerl es ihm nachtrug, dann musste er eben das andere Mädchen, das draußen im Garten wartete, um Hilfe bitten.

Richie stemmte die Fenster auf, während er im ersten Stock den Flur hinunterrannte. Er hatte eine bunt zusammengewürfelte Dämonenschar eingesammelt, alle Überlebenden dieser Etage. Sie trotteten ihm im Gänsemarsch hinterher wie kleine Kinder und achteten gar nicht auf die Fenster, die er ihnen als Fluchtweg aufriss.

»Haut schon ab! Macht schon, seid nicht blöd!«

Die lebendigen Möbel, die Staubwedel und allerlei anderer Krimskrams starrten ihn bloß an und grinsten einfältig.

»Haut ab!«, stöhnte Richie. »Raaaaaus!«

Sie irrten im Flur herum und wunderten sich über das seltsame Verhalten des jungen Hüter-Lehrlings; einige imitierten ihn mit gespenstischem Gestöhne, andere rannten sich beinahe gegenseitig um. Sessel drängelten, Tischbeine traten zu, aber obwohl sie um Bewegungsfreiheit kämpften, wollte keiner von ihnen den Schutz der Gruppe aufgeben.

»Gott«, rief Richie, »ihr seid wie eine Schafherde, die auf die Hinrichtung wartet!« Richie runzelte die Stirn und überlegte angestrengt, dann rannte er los.

Gleich darauf kehrte er mit dem Schlangenstab in der Hand zurück und trieb wie ein böser Schäfer die ganze Dämonenherde zum Fenster hinaus.

Unten schlich Nate in die Küche. Calamitous war dort – oder vielmehr das Geschöpf, das sich als Calamitous gezeigt hatte. Es verschlang gerade den großen Herd. Nate zuckte zusammen. Es war ein grauenvoller Anblick. Der Herd hing aus dem riesigen Maul des Ungeheuers, zitternd und unter metallischem Rasseln, und stieß Rauch aus, als würde er Blut spucken. Calamitous genoss seine letzten Zuckungen und verleibte ihn sich Stück für Stück ein, wie eine Schlange, die mit ausgehängtem Kiefer eine übergroße Beute hinunterwürgt. Die Regungen des Herds wurden schwächer, das Chaos in ihm verebbte zu einem schwachen Schaudern, und schließlich endete auch das. Der Herd war tot.

Der Dämonenfresser blickte in Nates Richtung und stieß einen dampfenden Rülpser aus, dann wuchtete er den aufgeblähten Leib auf seine schleimigen Stummelbeine.

Nate wurde klar, dass er noch gar nicht darüber nachgedacht hatte, wie er eigentlich vorgehen wollte, und er wünschte sich, wenigstens den Schlangenstab bei sich zu haben. Er machte kehrt und warf die Küchentür hinter sich zu. Aber sie sprang aus den Angeln und ergriff mit wellenförmigen Bewegungen die Flucht wie ein über zwei Meter langer Plattfisch. Calamitous stürzte hinterher und schaufelte sich nebenbei einen ranzigen Gestank, einen löchrigen Krug und mehrere andere kleine Dämonen in den Rachen.

Nate stürmte die Treppe hinauf, und das Ungeheuer kletterte direkt hinter ihm senkrecht an der Wand hoch, indem es sich daran festsaugte wie eine Raupe. Nate erkannte, dass ihn der Dämonenfresser einholen würde, bevor er das Ende des Flurs erreichte. In seiner Verzweiflung stieß er im Vorbeilaufen die Gießkanne um, so dass das Wasser über die leblose bräunliche Pflanze im Flur schwappte. Augenblicklich wurde sie leuchtend grün und überwucherte den Flur mit einem undurchdringlichen Dickicht.

Calamitous begann, sich durch den saftigen Leckerbissen zu fressen, aber es kostete ihn einige Zeit, so dass Nate unversehrt den zweiten Stock erreichte und in ein Schlafzimmer stürmte, wo sein Lehrling Richie mit einer Horde angstschlotternder Dämonen in einer Ecke kauerte.

»Wir haben nur noch ganz wenig Zeit, bis er sich durch die Pflanze gefressen hat«, sagte Nate.

»Das hier sind die letzten Dämonen aus den unteren Stockwerken«, sagte Richie. »Sie trauen sich nicht, aus dem Fenster zu springen.«

»Wo sind die übrigen?«, fragte Nate.

»Ich hab so viele wie möglich nach draußen bugsiert.« Richie senkte den Blick. »Aber eine ganze Menge hatte er schon erwischt, bevor ich sie retten konnte.«

»Was ist mit dem TIER?«, fragte Nate.

»Das Biest lass ich nich raus«, schimpfte Richie.

»Verstehe«, sagte Nate, und das tat er wirklich. Das TIER hatte schließlich zwei von Richies Freunden gefressen und beinahe auch ihn selbst und seinen jungen Lehrling. Richie schuldete dem Dämon keinen Gefallen, wenn er zur selben Zeit andere, weniger gefährliche Dämonen in Sicherheit bringen konnte.

»Warst du auf dem Dachboden?«, fragte Nate.

»Mist, nein«, entgegnete Richie.

»Ich gehe rauf.«

»Nate, da lagert massenweise jahrhundertealtes Chaos.«

»Deshalb wird der Dämonenfresser als Nächstes dort hinaufgehen.« Nate wandte sich um und ging los.

»Der Kerl ist zur Hälfte ein Mensch«, sagte Richie und hielt Nate fest. »Nur so konnte er Lilli folgen.«

»Ja«, pflichtete Nate ihm bei. »Aber warum erwähnst du das? Meinst du, wir können ihn zurückverwandeln?«

Ein Brüllen gleich hinter der wuchernden Grünpflanze im Flur erinnerte sie daran, dass das Ungeheuer noch immer frei herumlief.

»Nee«, sagte Richie. »Mach ihn kalt.« Er reichte Nate den Schlangenstab.

»Nimm die Dämonen mit nach unten, und bringt euch draußen in Sicherheit«, sagte Nate.

Richie scharte eine Ansammlung nervös klirrender Stielgläser um sich, des Weiteren ein Buch, das wegen seines zerrissenen Umschlags nicht mehr fliegen konnte, den alten zerbrochenen Besen mit dem Klebeband in der Mitte und zwei angeschlagene Weihnachtskugeln, die nicht aufhören konnten, »Stille Nacht« zu summen.

»Wo soll ich sie draußen hinbringen?«

»Du bringst sie nirgendwohin«, sagte Nate mürrisch. »Wir lassen sie frei.«

»Wie bitte?«

»Die anderen sind wahrscheinlich sowieso längst geflohen«, sagte Nate.

»Aber wir sind doch Hüter«, erwiderte Richie, »keine … Freilasser.«

»Lillis Dämonen sind in ihrem Anhänger gestorben. Ich lasse nicht zu, dass hier das Gleiche passiert.«

»Aber das würde bedeuten, dass wir das Werk von Generationen einfach wegwerfen«, sagte Richie.

»Sie sollen lieber frei herumlaufen, als hier zu sterben.«

Wie um Nates Standpunkt zu unterstreichen, hörte man in diesem Augenblick, wie im Flur etwas zerriss.

»Er bricht durch«, sagte Nate. »Kannst du mit ihnen draußen runterklettern?«

»Nie im Leben. Wir sind fast zehn Meter hoch.«

»Nimm den Schlangenstab. Er wird euch festhalten.«

Der Stab fauchte Nate nervös an, als der junge Hüter ihn Richie zurückgab.

»Brauchst du ihn denn nicht?«, fragte der.

»Mach dich auf den Weg«, drängte Nate. Richie rührte sich nicht vom Fleck. »Mach schon!«, befahl Nate.

Richie fuhr zusammen und begann, mit den Dämonen behängt aus dem Fenster zu steigen. Der Schlangenstab wickelte sich um sein Handgelenk und krallte sich mit dem anderen Ende an die Fensterbank.

RUMMS!

»Mach-mach-mach!«, trieb Nate ihn an, dann fuhr er herum und rannte den Flur hinunter.

Richie kletterte aus dem Fenster und riskierte einen Blick nach unten – falls er aus dieser Höhe abstürzte, würde er sich auf jeden Fall das Genick brechen. Er atmete tief durch und hangelte sich mitsamt den Dämonen langsam an dem Schlangenstab abwärts.

Doch auf einmal wurde er wieder nach oben gerissen. Er legte den Kopf in den Nacken und sah im Fenster ein zahnbewehrtes Maul, das den Schlangenstab aufsaugte wie eine Spaghetti-Nudel.

»Nein!«, brüllte er. Er holte aus, um eine Weihnachtskugel nach dem Ungeheuer zu werfen, doch auch die brüllte los. Er war noch zu weit oben, um einen Sprung zu wagen. Calamitous zog ihn Stück für Stück zu sich hinauf.

In dem Moment prallte neben ihm ein metallischer Gegenstand an die Hauswand. Er blickte hinab. Unten standen Sandy und Nik und hielten die unberechenbare Dämonenleiter fest. Richie befiel eine ungute Erinnerung, und er musste ein leichtes Schwindelgefühl unterdrücken.

»Hierher!«, rief er und stellte einen Fuß auf die Leiter. Aber statt sich selbst zu retten, fing er an, die Dämonen einen nach dem anderen zu Sandy hinunterzuwerfen, die hin und her sprang, um die zerbrechlichen Exemplare aufzufangen, und Nik die schwankende Leiter alleine festhalten ließ. Außerhalb des Hauses zeigten sich Sandy die Dämonen nicht, sondern sahen aus wie gewöhnliche Gebrauchsgegenstände, und die dämonischen Stielgläser schienen nichts weiter zu sein als ein paar schlichte alte Kristallkelche. Doch Sandy wusste es besser und rettete jedes einzelne.

»Komm runter!«, rief sie, als Richie ihr alles zugeworfen hatte.

»Ich werd ihn nich Dhaliwahls Stab auffressen lassen!«, rief Richie zurück. Dieser besonders mächtige Dämon war Dhaliwahls persönlicher Gehilfe gewesen und für seinen Mentor ein ganz besonderes Erinnerungsstück. Außerdem hatte der Stab Nate bei seinem heroischen Kampf gegen das TIER das Leben gerettet.

»Du kannst sie doch nicht alle retten!«, rief Sandy.

»Stimmt«, sagte Richie, »aber den Stab schon.«

Pernikus flitzte die Leiter hinauf, um Richie zu helfen. Der kleine Dämon stürzte sich auf Calamitous und bot sein ganzes Arsenal an Tricks auf, um das riesige Ungeheuer von draußen zu schikanieren und abzulenken, es zu zwicken, zu treten und zu beißen. Drinnen gefangen und zu groß, um durch das Fenster zu steigen, packte Calamitous den kleinen Störenfried und rammte ihn mit dem Kopf gegen den hölzernen Fensterrahmen, worauf das Haus erbebte und die Leiter ein Stück zurückkippte, gerade als Richie mit beiden Füßen halbwegs sicheren Halt gefunden hatte.

»Oaaaahhhh!«

Nik versuchte, die ängstlich herumspringende Leiter zur Ruhe zu bringen, während der Dämonenfresser einen Tentakel aus dem Fenster streckte und Pernikus an die Hauswand drückte. Richie stand jetzt nur noch mit einem Fuß auf einer schwankenden Leitersprosse und klammerte sich ans Fensterbrett.

Der Schlangenstab war fast vollständig im Maul des Dämonenfressers verschwunden, als der plötzlich einen grässlichen Schrei ausstieß. Richie hätte sich die Ohren zugehalten, wenn er seine Hände nicht gebraucht hätte, um sich an die Fensterbank zu klammern. Plötzlich würgte Calamitous den Schlangenstab zusammen mit einem verdutzt um sich blickenden Taschenbuch, das aufgeregt davonflatterte, wieder heraus.

Richie purzelte mit Pernikus und dem Stab in die Tiefe. Der Stab war noch immer um sein Handgelenk geschlungen. Mit einem *Plopp* verwandelte sich Pernikus schnell in eine zweidimensionale Fallschirmgestalt, packte das Ende des Schlangenstabs und versuchte, ihren gemeinsamen Sturzflug abzubremsen.

»Passt auuuf!«, brüllte Richie.

Sie sausten in spiralförmigem Flug dem Erdboden entgegen, während Sandy in Deckung ging. Der Fallschirm, in den Pernikus sich verwandelt hatte, war jedoch nicht groß genug, um ihren Schwung richtig abzufangen, und so landete Richie mit voller Wucht in den nach Rache dürstenden Brombeersträuchern, die sich auch sogleich über ihn hermachten.

25. Kapitel

Das Chaos-Schwert

Nate stand hinter Calamitous. Er zog das Schwert aus einer Öffnung in dem röhrenförmigen Leib des Ungeheuers; zähes grünes Blut quoll aus dem aufgebrochenen Außenskelett. Calamitous stand gekrümmt am Fenster, aufgebläht, verwundet und rasend vor Wut.

»Ich weiß nicht, wer du einmal warst«, sagte Nate, »aber ich glaube, du warst früher so wie ich und Richie. Vielleicht warst du verzweifelt, vielleicht warst du am Verhungern.«

Der Dämonenfresser war zu einem Riesen angewachsen. Er sah nicht hungrig aus, sondern gefräßig. Er musste sie nicht mehr fressen, wurde Nate klar, sondern er *wollte* sie fressen. Es war ihm in Fleisch und Blut übergegangen, die Geschöpfe zu verschlingen, die Nate und seine Vorgänger beschützten, und wenn er einmal dabei war, konnte nichts und niemand die Fressorgie stoppen.

Brüllend versuchte Calamitous sich umzudrehen. Offenbar fürchtete sich selbst das aus ihm heraussickernde Blut vor ihm, denn es floh, während das Ungeheuer sich herumwarf und die Wände demolierte.

»Du bist kein Dämon«, sagte Nate. »Ich bin also nicht verpflichtet, dich am Leben zu lassen, es sei denn, du verwandelst dich in einen Menschen zurück, was du am besten auf der Stelle tun solltest.« Er hob erneut das Schwert.

Voller Eifer begann die Waffe in seiner Hand zu tanzen. Sie zuckte und fuhr durch die Luft, so dass Nates Arm den Bewegungen wie von selbst folgte. Als Calamitous es schließlich schaffte, sich zu ihm umzuwenden, sah er die wirbelnde Klinge vor sich und duckte sich. Nate konnte die entfesselte Waffe jetzt kaum noch im Zaum halten.

»Lange kann ich es nicht mehr zurückhalten«, sagte er, während er mit dem Schwert um die Vorherrschaft rang. »Bezwing deine Fressgier, und verwandle dich wieder in den nervtötenden Reporter.«

In einer Wolke aus Staub und splitternden Holzbalken durchbrach das Ungeheuer die Wand zum angrenzenden Zimmer. Nate ließ das Schwert los, und es schoss dem Flüchtenden hinterher, verfehlte jedoch haarscharf dessen glitschigen Schwanzfortsatz.

KLIRR!

Die Klinge flog durchs Fenster und verlor sich irgendwo im Garten. Nate zuckte zusammen, machte kehrt und hastete auf den Dachboden.

Die Brombeersträucher fielen wütend über Richie her, fesselten ihn und bohrten ihm ihre Dornen ins Fleisch.

»Hilfe!«, brüllte er. Er konnte nicht aufstehen, sich kaum rühren, deshalb versuchte er, mit der Pflanze zu verhandeln. »Ich versprech dir, ich schnippel nie wieder an dir rum.« Als Antwort schlang sich einer der dornigen Zweige um seinen Hals und drückte ihm die Luft ab.

Plötzlich landete Nates herabsausendes Schwert in den Sträuchern und begann, wie wild um sich zu hacken. Achtlos schlug es eine Schneise in das Buschwerk, und Richie musste aufpassen, um nicht selbst getroffen zu werden.

»Sandy ...«, keuchte er und versuchte, die Dornenschlinge um seinen Hals zu lockern. »Nimm das Schwert!«

Sandy kämpfte sich durch das dichte Gebüsch, um ihm zu helfen, ohne selbst von den Zweigen attackiert zu werden. Genau genommen sah sie auch gar nicht, wie sie sich bewegten. Als sie Richie erreichte, der sich hoffnungslos in den Sträuchern verfangen hatte, fragte sie sich, wie es überhaupt dazu hatte kommen können. Argwöhnisch betrachtete sie das Schwert. Es sah viel gefährlicher aus als die Dornen. Sie fragte sich kurz, ob sie auch als Einarmige in der Bibliothek würde arbeiten können.

»Aber ich bin kein Hüter!«, sagte sie.

»Du hast doch zwei Hände, oder?«, entgegnete Richie. Er warf sich zur Seite, als sich die Klingenspitze genau an der Stelle in den Boden bohrte, wo eben noch sein Kopf gelegen hatte. Sein Hals blutete an dutzenden Stellen, und er fragte sich, ob ihm die Dornen gleich die Halsschlagader aufreißen würden.

Sandy nickte. Sie besaß wirklich zwei Hände, im Moment jedenfalls noch.

»Dann nimm das verdammte Ding weg«, keuchte Richie. »Ich bin hier am Abnippeln!«

Sandy packte das Schwert und spürte den Knauf in ihrer Handfläche. Die Waffe kam augenblicklich zur Ruhe. Sandy richtete sich auf und stand mit hocherhobenem Schwert über den Brombeersträuchern wie eine bebrillte Amazone.

»Hiiiii-jaaahh!«, brüllte sie, wirbelte herum und kappte mehrere Zweige auf einmal. Mit jedem neuerlichen Schwertstreich fiel ein weiterer Trieb, und bald war der ganze Strauch niedergemäht.

»Gib mir die Hand, Richie!«

Er streckte den Arm aus, und sie zerrte so heftig daran, dass Richie schmerzerfüllt aufschrie. Dann zog sie ihn langsam aus dem Dornengestrüpp heraus.

»Tut mir leid! Tut mir leid!«, sagte sie »Alles in Ordnung?«

Blutend schaute er zu ihr auf. »Hiii-jah?«, grinste er.

»Was hätte ich denn sonst sagen sollen?«

»Keine Ahnung. En garde? Touché? Koste meine Klinge, du ausgeflippter Dämonenstrauch? Alles außer ›hiii-jah‹.«

Sandy half ihm auf. »Ich habe von dem Schwert gelesen«, sagte sie. »Es ist die Inkarnation des Chaos mittelalterlicher Kriege, bei denen es oft keine Ordnung und Logik gab, wenn es darum ging, wer getroffen wurde oder wer starb. In der Hitze des Gefechts schlägt diese Waffe willkürlich zu.«

»Bei dir scheint sie aber Ruhe zu geben.«

»Weil ich ein durch und durch friedfertiger Mensch bin.«

Nun traten Nik und Pernikus zu ihnen, und Richie beobachtete, wie sich die gelben Tupfer an den Leibern der kleinen Dämonen auflösten, bis die beiden wieder in ihren angestammten Farben dastanden. Von der Veranda her ertönte ein Pfiff, und alle wandten sich um.

Zoot stand auf der obersten Stufe. Sein Dreizack war auf Nik und Pernikus gerichtet, und er spitzte den Mund, um so laut wie möglich pfeifen zu können. Als der Ton verklang, sah er erschöpft und verzweifelt aus und winkte die anderen eilig zum Haus.

26. Kapitel

Exodus

Nate stürmte auf den Dachboden und schlug die Metalltür hinter sich zu. »Der Abstellraum«, japste er.

In den Abstellräumen gewöhnlicher Häuser sammelte sich über die Jahre hinweg alles mögliche Gerümpel an, in Nates Fall aber waren es Jahrhunderte, und das Gerümpel war dämonischer Natur. Der Dachboden war vollgestopft mit tausenden von chaotischen Wesen – bizarren Gegenständen, Luftzügen, Geräuschen, Gerüchen, Erscheinungen, körperlichen Manifestationen, lebenden Pflanzen und hoch aufgetürmten Kartons, in denen jeder nur erdenkliche dämonische Krimskrams lagerte. Nate verbarrikadierte die Tür mit der schweren Eisenstange und trat leise in die Dachkammer – es war besser, die Wesen nicht aufzuschrecken.

Einige duckten sich. Andere wirbelten herum und starrten Nate an. Wieder andere plapperten albernes Zeug. Aber sie erkannten ihn alle als Hüter. Einige von ihnen lagen im Sterben, die ganz alten, deren Chaos allmählich versiegte. Sie besaßen nicht mehr die Kraft, ihn zu ärgern. Und vor dem Dämonenfresser fliehen konnten sie erst recht nicht mehr, dachte Nate.

Die Sachen waren so hoch aufgetürmt, dass Nate sich zwischen den aufgereihten Gerätschaften durch enge Gassen zwängen musste; einige Gegenstände regten sich, andere lagen apathisch da. Nate stieß gegen einen Karton, und hunderte kleiner Schleimwesen ergossen sich über den Boden. Flugs ballten sie sich zu einem einzigen Geschöpf zusammen, das, genährt von der kollektiven Unruhe, zum Dachbalken hinaufschnellte, wo es mit dem Holz und den Schatten verschmolz und sofort wieder einschlief.

Nate eilte weiter und bahnte sich einen Weg zu dem drei Meter breiten Panoramafenster auf der Vorderseite des Hauses. Dort blieb er stehen und starrte auf Seattle hinab. Er hatte seine Entscheidung schon getroffen und sagte mit einer Mischung aus Bedauern und Hoffnung zu seinen Schutzbefohlenen: »Es ist eine große schlimme Welt dort draußen, und es wird niemanden geben, der euch in Sicherheit bringt. Ich werde euch nicht belügen. Einige von euch werden umkommen. Aber ich kann euch hier nicht mehr beschützen.« Er nickte, als müsste er sich noch immer selbst überzeugen, dass er das Richtige tat. »Ich bitte euch nur, es den Menschen nicht allzu schwer zu machen. Sie sind eigentlich ganz in Ordnung. Sie verstehen euch nur nicht, aber es kann für euch einen Platz unter ihnen geben.«

Nate hob einen Kleiderständer an, der im Gegenzug versuchte, sich vorzubeugen und ihm die Jacke abzunehmen. Er hielt den Ständer schräg, schwang ihn in weitem Bogen herum und schlug damit das große Panoramafenster ein.

KLIRR!

»Verzeih mir, Seattle«, flüsterte er.

Die Dämonen auf dem Dachboden wurden munter. Sie starrten herüber, dann schlichen einige auf Nate zu, um nachzusehen, was los war. Der erste, der das Fenster erreichte, war ein altes Kamerastativ, das immer wackelte, wenn jemand versuchte, ein Foto zu machen. Es stakste an Nate vorbei und stellte vorsichtig ein Bein aufs Fensterbrett. Als Nate es nicht davon abhielt, kletterte es hinaus und war verschwunden.

»Geht ruhig.« Nate nickte den anderen aufmunternd zu.

Einer nach dem anderen verließen sie das Haus in dem Glauben, nur Nate zu entfliehen. Sie begriffen nicht, dass sie in Wahrheit einem Raubtier entkamen, das schon unterwegs war, um sie zu fressen.

Als Nächstes begannen die Phantomgeräusche und -gerüche hinauszuströmen. Geflüster-im-Dunkeln zog an Nates Ohren vorbei, zum Verrücktwerden leise Worte, wie eine wichtige, sich endlos wiederholende Botschaft, die man niemals richtig versteht. Betörende Zimtdüfte, die Nate in Versuchung führten, die Nasenflügel zu blähen, kamen vorbei, gefolgt von einem unerwarteten, säuerlichen Gestank nach Hundekot.

Alles, was fliegen konnte, schwebte hinaus und ließ sich vom Wind davontragen.

Aus dem Tröpfeln wurde ein Strom, dann eine Sturzflut, und die Dämonen schossen aus dem Fenster, als würden sie im Vakuum des Weltalls aus einem Raumschiff gesaugt. Die zum Greifen nahe Freiheit erweckte viele von ihnen zu neuem Leben. Einige wurden rasch größer, sobald sie der Enge des Dachbodens entkamen, so wie Zunder, Kail und Flappy, als sie das Haus verlassen hatten. Nate wusste, dass sie mit den Menschen aneinandergeraten würden. Doch sie verdienten es zu leben, und mit dem Chaos zurechtzukommen war schließlich ein Teil des menschlichen Daseins. Es war immer noch besser, als sie sterben zu lassen, und Nate stand daneben und sah zu, während ein Massenexodus aus dem Fenster polterte wie eine vorbeidonnernde Büffelherde.

Nachdem die eifrigsten der selbstmotivierten Dämonen das Weite gesucht hatten, begann Nate, die Kartons mit den weniger agilen Exemplaren aus dem Fenster zu kippen, und hielt nur inne, um größeren Nachzüglern auszuweichen, die plötzlich an ihm vorbeischossen. Er musste noch immer Entscheidungen treffen. Eine Kamera, die absichtlich immer dann ein Foto gemacht hatte, wenn man gerade blinzelte, hatte keine Priorität – solche Kameras gab es in Massen –, aber er sorgte dafür, dass der mittelalterliche Helm, der laute Pupsgeräusche von sich gab, wenn man ihn aufsetzte, in die Freiheit entkam. Dabei fragte er sich, wie viele Ritter der Helm wohl seinerzeit auf diese Weise blamiert hatte.

Bald waren fast alle Dämonen, die seine Vorgänger über die Jahrhunderte hinweg hier angehäuft hatten, auf und davon, und Nate beobachtete seufzend, wie sie nach und nach in Seattles verregneten Abend entschwanden. Er fragte sich, ob die anderen dasselbe getan hätten, wären sie an seiner Stelle gewesen.

BUMM! BUMM! BUMM!

Nate erwachte aus seiner Erstarrung, wandte sich um und sah, wie der hölzerne Rahmen der Metalltür zersplitterte. Es folgte ein Moment der Stille, dann explodierte die Tür nach innen. Er ging in Deckung, als die Tür an ihm vorbeiflog, um genau an der Stelle gegen die Wand zu prallen, wo er eben noch gestanden hatte. Der Dämonenfresser streckte seinen runden Kopf durch das grobe Loch in der Wand; seine Glupschaugen suchten den Dachboden ab, die spitzen Reißzähne knirschten.

Nate sprang auf, während das Ungeheuer seinen Oberkörper durch die Öffnung zwängte. Es war noch größer geworden, nachdem es die Dämonen in den unteren Stockwerken verschlungen hatte. Immer neue Gliedmaßen schossen aus den glitschigen Gelenkpfannen hervor – Klauen, Pranken, Scheren –, was immer gerade nötig war, um die Wände und Dachbalken niederzureißen. Reiß- und Stoßzähne rotierten in seinem Maul und bearbeiteten abwechselnd den Wandputz.

Nate trat zur Seite, um einem heraneilenden Paar Schuhe Platz zu machen, die ihre Besitzer immer an Orte brachten, zu denen diese eigentlich gar nicht wollten – einmal hatte er sie angezogen und war unbeabsichtigt auf den Friedhof gegangen, wo der Grabstein seiner Eltern stand. Hinterher war er froh darüber gewesen, aber er hatte die Schuhe nie wieder angezogen. Sie sprangen aus dem Fenster, dann wandte Nate sich zu dem Ungeheuer um, das seinen massigen Leib nun vollends durch die Tür gezwängt hatte.

Calamitous hielt inne und betrachtete die Schar der Dämonen, die sich noch auf dem Dachboden befanden.

Er hatte damit begonnen, Dämonen zu fressen, als er Jahrhunderte zuvor einmal auf hoher See festsaß und sein Überleben hatte sichern müssen, aber jetzt ernährte er sich ausschließlich von ihnen, stellte ihnen unerbittlich nach, und sie hatten ihn verändert. Er nahm immer die Gestalt an, die ihm bei der Jagd nach ihnen am dienlichsten war – am ergiebigsten war eine monströse Version der am besten organisierten organischen Geschöpfe auf Erden, der Insekten, der natürlichen Feinde des Chaos. Als Mensch zu erscheinen war lediglich eine nützliche Verkleidung gewesen.

Er starrte durch den Raum. Nichts stand mehr zwischen ihm und dem jungen Hüter, nichts konnte ihn noch aufhalten. Der Junge musste verschwinden, beschloss er. Im Gegensatz zu dem hübschen Mädchen war der Bursche ein Krieger. Er kämpfte für seine Dämonen wie ein Schäfer, der seine Herde verteidigt. Selbst jetzt verhalf er ihnen noch zur Flucht. Dieser Hüter war eine lästige Plage, und deshalb war die Sache ganz einfach: Der Junge durfte nicht am Leben bleiben. Mit diesem Gedanken und dem Versprechen auf eine weitere ungehinderte Dämonen-Fressorgie gab Calamitous die letzten Reste seines menschlichen Selbst willentlich dem Geschöpf hin, zu dem er geworden war, und machte seinen monströsen schleimigen Leib zum Angriff bereit.

Sandy und Richie kamen in die Eingangshalle und sahen Lilli aufrecht an der Wand sitzen; neben ihr hockte Zoot.

»Was ist passiert?«, stöhnte Lilli.

Sandy kniete sich hin und starrte in Lillis grüne Augen. »Ihre Pupillen sind verschieden groß und ganz verschleiert. Ich glaube, sie hat eine Gehirnerschütterung.«

»Lasst sie uns raustragen«, sagte Richie und packte Lilli unter den Armen. »Nik, komm her. Hilf mir.«

Sandy schaute zum abgeplatzten Putz empor, wo Lilli gegen die Wand geprallt war, und hielt Richie auf. »Sie könnte sich etwas gebrochen haben«, warnte sie. »Wir sollten sie lieber nicht bewegen.«

»Mag sein«, sagte Richie, »aber hier liegen lassen können wir sie auch nich. Da oben is ein Ungeheuer …«

Er erstarrte. Die Eisentür auf der anderen Seite der Eingangshalle war aufgebrochen. Sie hing lose in einer Angel. »Wir müssen sofort verschwinden«, flüsterte er Sandy zu. Er lenkte ihr Augenmerk auf die Tür. »Das TIER«, sagte er und musste nichts weiter erklären.

Sandy packte Lilli an den Beinen und half Richie und Nik, sie durch die Eingangshalle zu schleppen. Sie standen mit Lillis schlaffem Körper auf der untersten Treppenstufe vor dem Haus, als über ihnen plötzlich das Dachbodenfenster zerbarst.

SCHEPPER!

»Seht mal!«, rief Sandy aus.

Dämonen wimmelten aus dem zerborstenen Fenster, flogen, krochen und purzelten zu ihnen herab.

»Ist Nate tot?«, brüllte sie Richie an und wich einem herabfallenden weißen Schleimklumpen aus, der nach Schwefel roch, auf den Rasen spritzte und sogleich im Boden versickerte.

»Nein«, sagte Richie, »er lässt sie frei.«

Immer mehr Dämonen spie das zerbrochene Fenster in den Garten hinaus. Die meisten überlebten. Einige starben. Viele verschmolzen rasch mit ihrer Umgebung und verschwanden aus Sandys Blickfeld. Für die lebenden Möbelstücke war es schon schwieriger, sich zu verstecken, deshalb blieben sie einfach auf dem Rasen stehen und taten so, als wären sie ganz normale Möbel.

Instinktiv versuchten Sandy und Richie, die ersten, die sie sahen, zu retten. Sandy breitete ihre Jacke zu einem Sprungtuch aus und fing einen zappelnden kleinen Staubdämon auf, der ihr sofort in die Nase stieg und einen Niesanfall auslöste. Richie stürzte sich mit einem Satz auf einen gierigen Sabberdämon, der gerne Hunden nachstellte. Andere hingegen wurden auf dem Gehweg zerschmettert, oder sie krümmten sich in schmerzhaften Verrenkungen auf dem Rasen. Ein Speisezimmerstuhl brach sich ein Bein, und seine hohen Schmerzensschreie waren so durchdringend, dass Richie sich fragte, ob er ihn nicht von seinem Leiden erlösen sollte; die Beine waren für einen Stuhl genauso wichtig wie für ein Rennpferd. War erst einmal eins gebrochen, würde der Stuhl nie wieder der alte sein. Mit einigen der Dämonen konnten sie einfach nicht umgehen. Als eine Garnitur Küchenmesser herabregnete, blieb ihnen nichts anderes übrig, als auszuweichen; und der Umstand, dass die Messer sich in einem Muster ins Gras bohrten, das den Namen N-A-T-E ergab, war ein wenig beunruhigend.

Richie blickte zum Fenster hinauf, während sich weitere Dämonen ins Freie ergossen. Vielleicht hatte Sandy ja recht, dachte er, und Nate war längst tot.

Während die beiden im Garten umhereilten, setzte Nik Lilli an den VW-Käfer gelehnt auf den Bürgersteig, und Zoot bedeckte sie wieder mit seiner pinkfarbenen Hülle, die er derart zerfließen ließ, dass er wie ein Teil des Autos wirkte und Lilli vor jedwedem Wahnsinn verbarg, der noch aus dem riesigen zerbrochenen Fenster oben im Haus kommen mochte.

Auf dem Dachboden zerrte der Dämonenfresser den letzten Zipfel seines unförmigen Leibes aus der Wandöffnung.

Nate wich zurück und scheuchte noch ein paar quälend langsame Dämonen aus dem Fenster.

»Macht schon, bewegt euch…«, drängte er sie.

Der Dämonenfresser wand sich wie eine fette Schlange, wackelte auf seinem ausgebeulten Bauch hin und her; er war zu aufgebläht, um sich mit Armen und Beinen abzustützen. Sie ragten aus seinem segmentierten Körper wie dünne Stöcke, die in einem Schneemann steckten, ohne den Boden zu berühren.

»He, du!«, brüllte Nate den Kleiderständer an, mit dem er das Fenster eingeschlagen hatte. »Du bist der Letzte! Raus!« Der Ständer sprang hinaus. Nate schaute traurig zu. Der Rest der Dämonen würde es nicht mehr schaffen.

Die Vorhänge wehten in die Nacht hinaus, während Calamitous seinen langen Leib durch den Raum schlängelte. Plötzlich schrie er auf und kam auf Nate zugeschossen wie eine Sidewinder-Rakete, die über den Wüstenboden hinwegjagt. Er pflügte durch die restlichen Dämonen – die Langsamen, die Schwachen und andere, die Nate nicht mehr hatte retten können – und schaufelte sie sich ins aufgerissene Maul.

Nate stürzte ans Fenster und blickte hinunter. Bestürzt sah er die zerschmetterten Leiber all der Dämonen, die den Zwölf-Meter-Sprung nicht überlebt hatten. Auch er würde es nicht heil überstehen. Dämonenhüter waren keine Zauberer – das hatte er Richie immer wieder versichert. Er war ein ganz normaler Mensch, der lediglich das Chaos so sehen konnte, wie es auf der Welt in Wahrheit existierte.

»Ich kann nicht fliegen …«, murmelte er, während die Vorhänge panisch hin und her flatterten. Sie schienen genauso dringend wegzuwollen wie er selbst.

»O mein Gott!«, brüllte er, packte die Gardinenstange, riss sie los, stieß sich vom Fensterbrett ab und sprang in die Tiefe.

27. *Kapitel*

Späte Erkenntnis

Sandy und Richie blickten nach oben, als sie das Gebrüll des Dämonenfressers hörten. Das Ungeheuer war auf dem Dachboden. Jetzt kamen keine Dämonen mehr angeflogen. Der letzte war ein Kleiderständer gewesen, der nach seiner Landung kurz mit Richie gerangelt hatte, weil er ihm die Jacke abnehmen wollte. Ihre Hoffnung, dass dort oben noch jemand am Leben war, schwand zusehends.

Ein dumpfes Knurren auf der Veranda riss Richies Kopf herum. Das Herz rutschte ihm in die Hose. Ein nur allzu bekanntes Albtraum-Wesen stand in der Tür, ein schmieriges Ungetüm mit sechs Gliedmaßen, schwarzen Lippen und langen gebogenen Fängen. Der Dämonenfresser hatte, während er durch das Haus getobt war, die Kellertür aus den Angeln gerissen und dadurch das TIER befreit.

»O nein«, stöhnte Richie. Der geifernde Straßendämon ernährte sich hauptsächlich von streunenden Kindern, also von solchen, wie Richie eines gewesen war, bevor Nate ihn bei sich aufgenommen hatte. Allerdings verschmähte er, wenn es sein musste, auch andere Kinder nicht. Richies vordringliche Sorge galt Lilli. Als Mädchen, das ziellos durch die Gegend zog, stand sie automatisch ganz oben auf dem Speiseplan des TIERS. Als er über die Schulter blickte und sie nirgends sah, war er heilfroh. Aber ihm war klar, dass sein eigener Untergang bevorstand, als das Tier nun die Verandastufen hinabmarschierte – es musste einen Mordshunger haben, denn heute Morgen hatte es nichts zu fressen bekommen. Richie schaute sich um. Diesmal war Nate nicht zur Stelle, um ihm aus der Patsche zu helfen. Er hob den Schlangenstab, glaubte aber nicht daran, dass der ihn retten würde. Er wusste ja gar nicht genau, wie man damit umging. Es würde ein grausiges Ende mit ihm nehmen, so wie mit seinen Freunden Gus und Schnorrer, bevor Nate das TIER eingefangen hatte.

»Sandy, du musst abhauen«, flüsterte er. »Nate und ich haben's nich hingekriegt – das Haus, die Dämonen, der Dämonenfresser, die ganze Verantwortung. Wir sind bloß zwei dumme Jungs, denen alles über den Kopf gewachsen is. Aber du bist nich dumm. Du bist schlau, und schlaue Mädchen verduften, wenn bescheuerte Jungs in Schwierigkeiten geraten.«

Sandy trat neben ihn, das Chaos-Schwert in der Hand. »Du kennst dich offenbar nicht sehr gut mit schlauen Mädchen aus«, sagte sie, »denn … die laufen nicht weg.«

Richie nickte, erleichtert und traurig zugleich. Es war nicht gerecht, dass es Sandy auch erwischen sollte, aber wenigstens würde er nicht allein sterben.

»Versuch ihm mit dem ersten Schlag die linken Arme abzuhauen und beim Rückschwung die beiden anderen«, sagte er, während das TIER mit aufgerissenem Maul von der Veranda hinab auf sie zustapfte.

Sandy sah Richie an, als wäre er verrückt geworden, dann wandte sie sich zu dem pelzigen Etwas aus Klauen und Fängen um, das ungelenk die Treppe hinabstolperte. Aber sie war kein Dämonenhüter, und sobald das TIER im Freien stand, verschmolz es mit dem Zement des Gehwegs, und sie konnte es nicht mehr sehen.

Plötzlich kam über ihnen Nate aus dem Fenster geflogen. Er hielt die Gardinenstange vor sich wie den Griff eines Hängegleiters, während auf beiden Seiten die erschrockenen Vorhänge flatterten wie große Vogelschwingen. Der sonderbare Flugapparat trug Nate hinaus in die Nacht von Seattle. Die beiden schauten ihm entgeistert nach – Nate konnte fliegen!

RUMMS!

Sandy und Richie blieb keine Zeit zum Luftholen. Der Riesenwurm, der einst Calamitous gewesen war, setzte Nate aus dem Fenster nach und schnappte nach ihm. Aber er konnte nicht fliegen. Während Nate durch die Lüfte schwebte, stürzte der Dämonenfresser in die Tiefe wie ein überdimensionaler Kartoffelsack. Sandy und Richie packten Nik und Pernikus und machten einen Satz zur Seite.

KRA-WUMM!

Der Dämonenfresser schlug mit voller Wucht auf dem Rasen auf, so dass der ganze Garten erbebte, dann blieb er reglos liegen. Sandy prallte mit dem Kopf gegen den Zaun und rollte sich zusammen. Richie purzelte in die Büsche, sprang aber augenblicklich wieder auf, weil er glaubte, erneut in den mörderischen Brombeersträuchern gelandet zu sein. Erleichtert merkte er, dass dies nicht der Fall war.

Getragen von den Stoffflügeln, kam Nate in engen Kreisen langsam herabgeschwebt, wie ein Engel, der inmitten der Dämonen landete.

»Nate!«, brüllte Richie, als sein Mentor neben dem reglosen Leib des Dämonenfressers stolpernd zum Stehen kam. »Du bist am Leben!«

»Alles in Ordnung mit euch beiden?«, fragte Nate. Sie hielten nach Sandy Ausschau und sahen, dass sie zusammengerollt am Zaun lag und sich den Kopf hielt.

»Sie ist verletzt«, sagte Nate.

»Mir geht's gut«, stöhnte Sandy. »Ich muss mich nur kurz erholen.«

Plötzlich riss Richie die Augen auf. »Nate, pass auf!«

Das TIER sprang Nate an, stieß ihn zu Boden und baute sich geifernd über ihm auf. Ein teuflischer Klauenschlag des Ungetüms hinterließ vier rote Schrammen an seinem Arm, als Nate versuchte, seinen verletzlichen Hals zu schützen. Die Gardinenstange flog ins Gras, und sein blutüberströmter Arm fiel schlaff zur Seite, war nicht mehr zu gebrauchen.

Als Richie sah, dass das TIER seinen Freund umbringen würde, warf er ihm den Schlangenstab zu, der jedoch ein Stück vor Nate zu Boden fiel; obgleich er durchs Gras auf Nate zukroch, würde er ihn nicht mehr rechtzeitig erreichen.

Der Dämonenfresser lag immer noch reglos neben Nate, wie ein gestrandeter Wal. Nate wandte den Kopf, um einen letzten Blick auf das Ungeheuer zu werfen. Er hatte hunderte von Manifestationen vor ihm gerettet, und doch war nun eben jenes Chaos, das er beschützte, im Begriff, ihn umzubringen. Die Ironie des Ganzen entging ihm nicht, aber dennoch wusste er, dass er seine Aufgabe erfüllt hatte.

Das TIER stieß einen Schrei aus und schnappte nach Nates Hals. Aber die Kiefer klappten nicht zu. Stattdessen schwenkte das riesige Maul des Dämonenfressers herum und erwischte den Kopf des TIERS, bevor es Nate die Kehle durchbeißen konnte. Der schleimige Wurm kroch ruckartig heran, stürzte sich auf das pelzige Ungetüm und riss es entzwei. Die untere Körperhälfte des TIERS kippte um und fiel Nate auf die Brust, und den Rest schnappte sich der wiederbelebte Dämonenfresser und schluckte ihn so mühelos hinunter wie ein Orca einen Lachs verschlingen würde.

Nate lag noch immer auf dem Rücken, während der Dämonenfresser sich über ihm aufbaute. Er konnte ihm ins aufgerissene Maul schauen. Halb verdautes Chaos dampfte als fauliges Gebräu in seinem Rachen, in dem noch einzelne Dämonenstücke zu erkennen waren. Als

Nächstes würde er ihn verschlingen, dachte Nate, ihn aufschlürfen. Er würde also doch sterben. In den letzten Momenten seines Lebens erkannte er, dass er in einem schäumenden Chaos-Gebräu ertrinken würde, so wie er es als Kind eigentlich zusammen mit seinen Eltern hätte tun sollen.

In dem Moment trötete eine Hupe los, und der Dämonenfresser schaute auf. Nik und Pernikus standen am nahen Gartentor und starrten das Ungeheuer herausfordernd an, bereit, herüberzuhechten und ihrem Hüter zu helfen. Seine natürliche Speise vor Augen, schwang der Dämonenfresser die Kiefer von Nate fort und riss sie weit auf, um stattdessen seine Gehilfen zu verschlingen. Ohne auch nur einmal kurz in die Luft zu schnüffeln, wuchtete er seinen massigen Leib vorwärts und schaufelte sich die beiden Kerlchen ins Maul. Doch zu seiner Überraschung lösten sie sich unversehends in Luft auf.

Plötzlich brach ein pinkfarbener Blitz durchs Gartentor und schoss den Weg hinauf. Der Dämonenfresser riss die Augen auf und begriff, was geschehen würde – und in dem kurzen Moment wurde deutlich, dass der plappernde Mann in dem Ungeheuer doch nicht vollends verschwunden war, denn seiner Kehle entrang sich ein bestürztes »Ah-oh«. Dann raste Lillis Käfer ihm geradewegs ins aufgerissene Maul und sprengte seinen Kopf.

PATSCH-BUMM!

Faseriger klebriger Schleim spritzte auf die Veranda und in die Büsche, wo Richie stand. Er duckte sich, aber es nützte nichts. Eine Wand aus rohem stinkendem halbverdautem flüssigem Chaos warf ihn um.

Zoot kauerte auf dem Gehweg. Seine Imitation von Nik und Pernikus war nicht perfekt gewesen, aber es hatte ausgereicht. Der Dämonenfresser war darauf hereingefallen und hatte Lilli dadurch mit ihrem Auto freie Bahn auf seinen Kopf geboten. Pernikus kicherte an seinem sicheren Platz hinterm Zaun. Nikolai nickte und applaudierte. Zoot kicherte ebenfalls, und sein dicker Bauch wackelte vor Vergnügen über die erfolgreiche Täuschung.

Sandy starrte auf eine Gestalt, die benommen durch den triefenden Schleim aus dem Käfer krabbelte. Sie grinste. Es war Lilli.

»Du bist zurückgekommen!«, rief Sandy.

Lilli schaute sich um, durchgeschüttelt von dem Zusammenprall. »Ich bin nur mein Auto holen gegangen.« Sie stolperte, und Sandy rannte ihr zu Hilfe.

Richie wischte sich über die Augen. Er konnte kaum glauben, was er da sah. Ein pinkfarbener VW-Käfer hing aus dem zerschmetterten Schädel des Dämonenfressers. Er schüttelte den Kopf. »Unfassbar«, murmelte er. »Das is die neue Nummer eins auf meiner Liste von abgefahrenen Sachen.«

Die Mädchen fanden Nate ganz in der Nähe; schleimiger Insektenglibber troff an ihm herunter, und er blickte den Queen Anne Hill hinab. In der Ferne verteilten sich die Dämonen über die Stadt, stießen Mülltonnen um, lösten Auto-Alarmanlagen aus; jeder tauchte in der Stadtlandschaft unter, um seine eigene Art von Chaos zu verbreiten.

Sandy wischte Schleim aus Nates Gesicht, und Lilli trat einen Schritt zurück, damit die junge Bibliothekarin sich alleine um ihren Freund kümmern konnte.

»Ich hab sie freigelassen«, sagte Nate.

»Aber nich alle haben's geschafft«, musste Richie unbedingt anmerken. »Einige wurden aufgefuttert, und im Garten liegen auch ein paar Tote rum.«

Sandy funkelte Richie über Nates Schulter hinweg an und bedeutete ihm, den Mund zu halten. »Du hast so viele gerettet, wie du konntest«, flüsterte sie Nate zu.

»Äh ... ja«, sagte Richie schnell. »Hey, Dhaliwahl wäre stolz auf dich, Mann.«

Lilli kam wieder näher. »Nate, ich möchte dir sagen, dass es supercool von dir war, dass ich bei dir übernachten durfte, nachdem dieses Ungeheuer mein Leben zerstört hatte. Aber dadurch habe ich es hergeführt und ihm geholfen, deins ebenfalls zu zerstören. Es tut mir so leid. Du hast mich sogar vor den bösen Dingen dort draußen gewarnt, aber ich konnte die Welt einfach nicht auf deine Weise betrachten.«

»Und ich kann sie nicht auf deine Weise sehen.«

Nate schob sich an den anderen vorbei und ging zum Haus. Drinnen sah er sich um. Es war ruiniert. Er ging durch die leeren Räume mit den zertrümmerten Wänden und betrat das zerstörte Arbeitszimmer.

»Au, Mann«, sagte Richie, »hier is ja nix mehr übrig.«

Sandy stieß ihn an. »Richie! Sei still.«

»Nein, er hat recht«, sagte Nate. »Hier ist nichts mehr übrig für mich.«

»Was soll'n das heißen, Alter?«, fragte Richie.

»Hast du die Knobelbox?«

»Klar.« Richie reichte sie ihm.

Nate öffnete sie und schüttelte Flappy heraus. »Um den kann ich mich nicht mehr kümmern«, sagte Nate. »Sperr ihn auf den Dachboden, wo er nichts Schlimmeres tun kann, als Staubflusen zu jagen.«

»Was machen wir jetzt?«, wollte Richie wissen.

»Ich weiß es nicht«, sagte Nate und drehte sich langsam im Kreis, als suche er inmitten der Trümmer nach Antworten. »Ich muss mit jemandem reden.«

»Mit wem denn?«, fragte Sandy.

»Mit meinem Mentor.«

»Mit Dhaliwahl?«, entgegnete Sandy verwirrt.

»Alter«, sagte Richie, »ich weiß ja, dass du ein paar abgefahrene Sachen beherrschst, aber dass du mit einem Toten reden kannst, is mir neu.«

»Sandy«, sagte Nate, »ich möchte, dass du den Abschnitt in Dhaliwahls Kompendium-Einträgen findest, der von Flappy handelt, und ihn mir übersetzt.«

»Jetzt gleich?«

»Ja.«

Sandy holte ihren Laptop hervor, und sie setzten sich inmitten der zertrümmerten Möbel und verstreuten Urnen auf den Boden. Lilli und Richie standen hinter ihnen und warteten, bis Sandy die Stelle fand und Dhaliwahls Eintrag vorlas.

»Ich habe den Winddämon eingefangen, aber um einen schrecklichen Preis. Eine junge Familie fiel seinem Wüten zum Opfer. Ihr Segelboot zerschellte an den Felsen von Deception Point, kurz nachdem ich sie auf der Jagd nach meiner Beute mit dem Kutter überholt hatte. In diesem Augenblick stand ich vor einer Wahl, einer entsetzlichen Wahl. Entweder würde ich endlich diesen prachtvollen tödlichen Dämon fangen oder der Familie helfen. Ich entschied mich für den Dämon, und als ich seiner habhaft geworden war, hatte der andere Dämon – den ich nicht bemerkt hatte – die Leute fortgespült.«

Sandy blätterte um.

»Der Sturm erstarb, sobald der Winddämon gefangen war, und ich fuhr zurück und fand nur noch die Wrackteile des Segelboots vor. Aber im Wasser trieb noch etwas anderes – ein kleines Kind mit einer Rettungsweste. Ich brachte es an Land.«

Nate saß stocksteif da und starrte ins Leere.

»Der Junge wird sich nicht an mich erinnern, aber während er aufwächst, werde ich ihn aus der Ferne im Auge behalten und beobachten, wie es ihm ergeht. Ich brauche einen neuen Lehrling, aber ich möchte den Jungen nicht noch mehr belasten. Hoffentlich findet er nette Pflegeeltern, bei denen er ein normales Leben führen kann. Sollte dieser Junge aber – sein Name ist Nathan – mit seinem Schicksal hadern, dann werde ich einschreiten und ihn in meine Obhut nehmen, denn an jenem dunklen Tag habe ich in blinder Hingabe an meine Berufung seine Eltern sterben lassen.«

»Er war dort«, flüsterte Nate. Seine Stimme erstarb.

»Alles in Ordnung?«, fragte Sandy.

»Was für Schuldgefühle er gehabt haben muss«, sagte Lilli leise.

Nate saß eine Weile schweigend da und überlegte. »Es war der andere Dämon«, wiederholte er schließlich Dhaliwahls Worte. Plötzlich stand er auf. »Ich verlasse euch«, sagte er.

Dann rief er Nik und Pernikus zu sich. Sie eilten herbei und ließen sich von der Knobelbox aufsaugen. Nate steckte sie in die Tasche, wandte sich um und ging an seinem Lehrling und an Sandy und Lilli vorbei.

Sandy rannte ihm nach und hielt ihn fest.

»Wohin gehst du?«

»Ein letztes Element ist noch übrig.«

»Hä?«, machte Richie. »Welches denn?«

Sandy überlegte einen Augenblick, dann murmelte sie: »Wasser.«

Nate nickte. »Der Wind hat meine Eltern nicht allein umgebracht. Ich werde den WANDERER nehmen und den Wasserdämon suchen.«

»Wo denn?«, fragte Richie.

»In der Bucht, auf dem Meer … ich weiß nicht. Wohin mich die Suche eben führt.«

»Und was wird aus dem Haus?«, fragte Sandy.

»Es ist leer.«

»Was ist mit Richie?«, fragte sie.

»Meinst du, du kommst klar, Junge?«, fragte Nate an Richie gewandt.

Er betrachtete seinen Lehrling, der die Verwüstungen anstarrte und hin und her überlegte. Richie war noch immer ein junger Rabauke, und auf sich allein gestellt würde er eine schwere Zeit durchmachen. Er brauchte Anleitung. Aber Nate konnte nicht anders, er musste gehen.

»Seattle wird jetzt erst mal ein ziemlich heißes Pflaster sein«, sagte Richie. »In der Stadt rennen massenhaft Dämonen rum. Und das Haus hier is ein Trümmerhaufen.« Dann grinste er. »Aber du wirst schon wissen, was du tust, Alter.«

Sandy stampfte mit dem Fuß auf den Boden. »Und was wird aus mir?«

Nate ergriff sie bei den Schultern und schaute ihr tief in die Augen. Sein Blick ließ sie erstarren.

»Du bist eine tolle Frau«, sagte er. »Das warst du schon, als wir uns kennengelernt haben. Und du wirst auch noch toll sein, wenn ich fort bin. Aber du kannst nichts tun, um mich hier zu halten.«

Dann küsste Sandy ihn. Diesmal war es ein fantastischer Kuss, und Nate merkte, dass er ihn erwiderte. Lilli lächelte. Einen Moment lang hatten die Auren der beiden exakt dieselbe Farbe, ein leuchtendes Rot. Dann löste Nate sich von Sandy.

»Netter Versuch«, sagte er. »Ziemlich nett sogar. Fast hättest du mich rumgekriegt, aber …«

»Wir können doch das Haus reparieren«, schlug Lilli vor, »und nach und nach die Dämonen wieder einfangen.«

»Ich weiß, dass du das kannst. Dafür ist jemand nötig, der die Dinge in positivem Licht sieht«, sagte Nate. »Lilli, das ist deine neue Aufgabe, falls du sie annehmen möchtest. Du bekommst sogar deinen eigenen Lehrling. Tut mir leid, dass ich dir so ein Schlamassel hinterlasse.«

Dann ging Nate hinaus, die Stufen hinab und watete durch das stinkende Chaos auf dem Rasen. Auf der Straße angekommen, wandte er sich in Richtung Hafen.

Epilog

Am nächsten Tag trafen sie sich wieder im Haus, obwohl Nate nicht mehr da war. Sandy saß am Boden und las im *Kompendium*; ihr Wissensdurst trieb sie dazu, jedes einzelne Wort zu enträtseln. Richie war dabei, die Wände zu verspachteln. Lilli kam mit einer Schubkarre herein.

Sandy schnüffelte in die Luft und rümpfte die Nase. »Igitt! Was ist denn das?«

»Die Überreste unserer Freunde«, antwortete Lilli. »Das rohe, verdaute Chaos aus dem Magen des Dämonenfressers.«

»Monsterkotze?«, sagte Richie. »Ekelhaft. Sag dem Zeug doch, es soll sich in den Keller verkrümeln, wo früher das TIER gehaust hat, oder so.«

Stattdessen tauchte Lilli die Hand in die klebrige Pampe und ging damit zur Wand. Sie verschmierte das zähflüssige Chaos auf der Oberfläche, malte damit, formte es eine Weile, dann ließ sie es tun, was es wollte. Zoot schwang seinen Dreizack kreisförmig durch die Luft, und die behelfsmäßige Paste verwandelte die bröckelnde Wand in ein sonderbares, wunderschönes Gemälde, das für Sandy aussah wie eine abstrakte Darstellung ihres unterirdischen Kampfes gegen Zunder, für Lilli wie der Troll, der ihren geliebten VW-Käfer festhielt, und für Richie wie seine spektakuläre Gefangennahme von Flappy im Puget-Sund. Während das Gemälde Gestalt annahm, veränderte sich auch der Geruch, bis er nicht mehr unangenehm war, sondern den traurigen Duft von Orchideen bei einer Beerdigung verströmte.

»Wir können dem Chaos nicht vorschreiben, was es tun soll«, sagte Lilli, »sondern ihm nur vorschlagen, in welche Richtung es sich entwickeln soll.«

Hundert Meilen entfernt steuerte Nate den WANDERER geradewegs in den Sonnenuntergang, während er den Puget-Sund verließ und nach Westen aufs offene Meer hinausfuhr; Nik und Pernikus saßen auf seiner Schulter. Sein neuester Gehilfe, Kail, hatte sich in die fein verästelten Risse in den Decksplanken zurückgezogen; er fürchtete sich zu sehr vor den endlosen Wassermassen und ihrem Mangel an festen Materialien, als dass er es gewagt hätte, den Bootsrumpf aufzureißen. Nate war froh darüber. Ein Leck war das Letzte, was er jetzt gebrauchen konnte. Der Ozean war unendlich groß, und es würde eine lange Reise werden.

Sie fanden diesen Roman so fesselnd, dass Sie ihn gar nicht mehr aus der Hand legen möchten? Dann lesen Sie doch einfach weiter!

Auf den folgenden Seiten finden Sie eine Leseprobe aus dem ersten irrwitzigen Dämonenabenteuer von Royce Buckingham!

Nathan Grimlock hat von seinem Pflegevater eine undankbare Aufgabe geerbt: Er muss ein Haus voller Dämonen hüten und verhindern, dass seine nervtötenden Schützlinge überall Chaos verbreiten – vor allem das TIER, das tief unten im Keller haust, darf auf keinen Fall entkommen!

Eines Tages jedoch geschieht die Katastrophe: Das TIER bricht aus. Und es hat großen Hunger auf Menschenfleisch. Doch als ob das nicht schon schlimm genug wäre, halten es ein paar der Dämonen für Ehrensache, Nathan zu helfen, das Monster wieder einzufangen – ob ihr Hüter es nun will oder nicht …

1. Kapitel

Mutterseelenallein

Ich kenne keinen einzigen Menschen, dachte Nate. Seit fast einem Monat kümmerte er sich nun ganz allein um die Dämonen. Mit zwei schweren Eimern voller Glibberzeug durchquerte er die Eingangshalle des alten Fachwerkhauses. Futter für seine Schützlinge. Hauptsächlich waren es Fischinnereien, aber sie mochten auch die Köpfe. Augäpfel waren eine besondere Delikatesse.

Als er über den senffarbenen indischen Teppich wankte, schwappten ein paar Tropfen der blutigen Mixtur über und sickerten durch einen Riss im Holzboden in den Keller. Nate bemerkte es nicht. Er war so in Gedanken, dass er in dem düsteren Vorraum beinahe über ein großes pelziges Etwas gestolpert wäre.

»Hoppla!« Er konnte sich gerade noch auf den Beinen halten. »Guten Morgen, Bel.«

Der riesige englische Schäferhund Belvedere stellte ein Ohr auf und schaute ihn unter seinen Zotteln hervor an. »'tschuldigung«, sagte Nate. »Ich bin heute ein bisschen durcheinander. Keine Sorge, du kriegst dein Frühstück, sobald ich die Radaubrüder versorgt habe.«

Nate war froh, dass er wenigstens nicht ganz allein war. Dhaliwahl hatte ihm immerhin einen Freund hinterlassen, der nicht aus dem Dämonenreich stammte.

Der Flur, der von der Eingangshalle abging, war vollgestellt mit Antiquitäten. Nate näherte sich einer Holzbank, deren hohe Rückenlehne an den Ecken mit kunstvoll geschnitzten Köpfen verziert war. Als er daran vorbeiging, wurden sie lebendig und begrüßten den Jungen mit schaurigem Geleier.

»Naaathan.«

»Naaaaathan.«

»Naaaaaaathan.«

»Morgen, ihr beiden«, erwiderte Nate im Vorübergehen.

Das Nächste war eine leblose Pflanze auf einem reich verzierten Untersatz. Nate griff nach einer Sprühflasche, benetzte die braunen Blätter und setzte seinen Weg fort. Die Pflanze wurde leuchtend grün und quoll üppig über den Topfrand hinaus.

Nate war noch keine drei Schritte weitergegangen, als er ein gequältes Stöhnen vernahm.

»Oh-ah ...«

Er versuchte es zu überhören.

»Ohh-ahh!« Diesmal klang es noch eindringlicher. Er hatte die Masken fast hinter sich gelassen.

Das Stöhnen kam von der Eisenmaske an der linken Wand. Die Holzmaske, die genau gegenüber hing, verzog das Gesicht. »Warum hältst du nicht einfach mal die Klappe?«, schimpfte sie. »Jeden Tag das gleiche Gejammer: Oh-ah. Oh-ah.«

»Hey, ich werde hier gefoltert, ja?«, schimpfte die Eisenmaske zurück. »Weißt du, wie es sich anfühlt, wenn man langsam verrostet?«

Die Augen der Holzmaske drehten sich zu Nate. »Junge, häng mich bloß woandershin. Der Kerl macht mich wahnsinnig.«

Nate nahm die Holzmaske von der Wand. Er konnte die beiden nicht voneinander trennen. Streitende Lärmdämonen musste man in Paaren halten, sonst gingen sie, statt sich gegenseitig in den Haaren zu liegen, nur ihrem Hüter auf die Nerven. So tauschte er die Masken einfach aus und hängte jede an den Wandnagel der anderen. Dann hob er die Eimer wieder an und ließ die beiden verdutzten Streithähne zurück.

Hinter Nates Rücken schwoll in Bels Fell eine Beule an. Zwei gelbe Augen hielten durch die Zotteln Ausschau nach dem davoneilenden Jungen. Bel kratzte sich gähnend. Von seinem mächtigen Hinterlauf löste sich ein kleines, knollenartiges Wesen und krabbelte Nate auf wieselflinken Stummelbeinchen hinterher, hielt sich aber im Schatten. Nate blieb stehen und blickte sich argwöhnisch um, sah aber nur den Hund. Achselzuckend ging er weiter.

Schließlich war er im Badezimmer angelangt, in dem es weder ein richtiges Waschbecken noch eine Toilette gab, sondern nur einen langen, gusseisernen Wassertrog. Dort hinein entleerte er jetzt den ersten Eimer mit Glibberzeug.

Eigentlich besaß Nate einen angeborenen Spürsinn für Dämonen. Für gewöhnlich kribbelten seine Nackenhärchen, wenn einer in der Nähe war, der etwas im Schilde führte. Aber der Dämon, der sich nun anschlich, überlistete ihn immer wieder aufs Neue. Der kleine Kerl lugte kurz um die Ecke und nahm dann seine wahre Gestalt an. Er reckte und streckte sich, bis er sich in einen grünen, schienbeinhohen Hauskobold mit Schnurrbart und schmalen, aufrecht stehenden Ohren verwandelt hatte, dessen Klauen so feingliedrig und beweglich waren wie die eines Waschbären. Zwischen seinen Lippen ragten zwei übergroße Fänge hervor wie ein Doppeldolch, und jetzt schnupperte er mit zuckender Nase in Nates Richtung.

Hungrig beäugte der Kobold Nates Beine, dann sprang er ihn an, krallte sich in die Hose und hangelte sich an ihr empor.

Nate jaulte auf und versuchte den Angreifer abzuschütteln. Er fuhr herum und schaute an sich hinab. Es war Pernikus, die dämonische Inkarnation unliebsamer Überraschungen.

Kopfschüttelnd holte Nate Luft. »Noch ein Mal, Pernikus, noch ein einziges Mal, dann exorziere ich deinen hässlichen kleinen Dämonenhintern in die Dimension zurück, die dich hervorgebracht hat!«

Pernikus grinste nur, denn er wusste nur zu genau, dass Nate so etwas niemals tun würde. Mit schrillem Kreischen stieß er sich von Nates Bein ab. »Krii-krii-krii-krii!« Er landete im Trog, tauchte den Kopf in die Fischreste und schlang sie gierig hinunter.

Nate schüttete den Rest des Glibberzeugs um Pernikus herum aus. »Du hast Glück, dass ich noch so unerfahren bin«, sagte er. »Ein erfahrener Hüter hätte dich längst zur Räson gebracht.«

In dem Moment ertönten im Flur donnernde Schritte – das unheilvolle Poltern eines herannahenden Ungetüms. *Wumm! Wumm! Wumm!*

Das Geschöpf erschien im Türrahmen. Es war Nikolai, ein bulliger Wicht mit breiten Schultern, kurzen stämmigen Beinen und buschigen Augenbrauen. Sein Körper sah aus wie die Miniaturausgabe eines russischen Gewichthebers, aber die spitzen Ohren und das ebenso spitz zulaufende, mit messerscharfen Zähnen ausgestattete Maul verrieten, dass er ein Dämon war. Nik war nur dreißig Zentimeter groß, aber seine Schritte hallten zehnmal lauter durchs Zimmer, als es seine Größe hätte vermuten lassen. Niks Eigenarten lagen etwas im Dunkeln, aber eines stand fest: Er war ein Dämon, der sich seiner Kraft nicht bewusst war und entsprechend oft Unheil anrichtete. Einmal hatte er Nate helfen wollen, ein undichtes Wasserrohr zu reparieren und dabei so fest zugepackt, dass das Rohr vollends zu Bruch gegangen war und das halbe Haus unter Wasser gesetzt hatte.

»Guten Morgen, Nikolai«, sagte Nate.

Der kleine Kraftprotz sprang in die Höhe, packte mit einer Hand die Trogkante und hievte sich mit einem muskelbepackten Arm hinauf.

»Nur zu.« Nate verzog das Gesicht. Das Glibberzeug stank wie gequirlte Pampe aus saurer Milch, toten Fischen und drei Monate alter Tomatensuppe. »Du brauchst nicht auf mich zu warten.«

Nik grunzte und tauchte den Kopf in das blutige Gebräu.

Nate sah sich um. »Wo steckt eigentlich Flappy heute Morgen?«

Noch während er die Frage stellte, kam der kleine Dämon mit den Reptilienflügeln die Treppe heruntergeflattert. Flappy sah aus wie ein papageiengroßer Drache und stob zwischen dem Geländer und den Gemälden von schmerzverzerrten Gesichtern aufgeregt ins Erdgeschoss hinab.

Der kleine Kerl war ein Winddämon, die Inkarnation wilder Luftstrudel, die aus heiterem Himmel die Drachen kleiner Kinder in Bäume hineinbliesen. Aufgrund seiner geringen Größe wirkte er nicht besonders gefährlich, aber Nate wusste, dass Winddämonen ganz schön ungemütlich werden konnten. Sie waren dafür bekannt, Flugzeuge abstürzen zu lassen und Schiffe in einem Grab auf dem Meeresgrund zu versenken. Zum Glück war Flappy viel zu klein und schüchtern, um sich seines Zerstörungspotenzials bewusst zu sein.

Kaum hörte Nate die hastigen Flügelschläge draußen vor der Badezimmertür, da wehte Flappy auch schon wie ein Wirbelwind herein. Nate duckte sich, Nik und Pernikus sprangen aus dem Trog, und Flappy stürzte kopfüber in die Glibbersuppe. *Platsch*!

Vorsichtig spähte Nate über die Trogkante. Flappy setzte sich auf, triefnass und einigermaßen verdutzt, fischte einen Lachskopf aus der Brühe und schlang ihn wie ein Pelikan in einem Bissen hinunter. Als Nik und Pernikus sahen, wie der kleine Drache sich den Leckerbissen angelte, stürzten sie sich sofort wieder in die Glibbersuppe und setzten ihren Festschmaus fort.

Nik, Pernikus und Flappy waren Nates Gehilfen – jene persönlichen Dämonen, die eine besondere Verbindung zu ihrem

Hüter pflegten. Eigentlich sollten sie ihn bei der Arbeit unterstützen, aber Nate hatte den Eindruck, sie bereiteten ihm eher noch zusätzliche Probleme, als ihm eine Hilfe zu sein.

Schlürf, schmatz, schling! Mit jedem Bissen wurden die drei kleinen Dämonen wilder. Flappys Flügel droschen derart heftig auf die Glibbersuppe ein, dass das Zeug nur so gegen die Wände spritzte. Und Pernikus klaute den anderen dauernd das Futter, bis Nik ihn packte und in die Brühe tunkte.

Nate fuchtelte beschwichtigend mit den Armen und versuchte, die Radaubrüder zur Ruhe zu bringen, ohne von oben bis unten vollgespritzt zu werden. »Hey, nicht so stürmisch. Lasst den Unsinn ...«

Schmatz, mampf, rülps!

»Bitte, hört auf mich«, flehte er.

Ein Fischkopf flog aus dem Trog und prallte gegen Nates Brustkorb. Er sah zu, wie das Ding an seinem Hemd hinabglitt und ein Schleimfleck zurückblieb. Resigniert ließ er die Schultern hängen.

»Als Dhaliwahl noch hier war, habt ihr euch nie so benommen«, sagte er.

Die drei Dämonen blickten auf, plötzlich ganz still und ernst. Nate versetzte es einen Stich. »Tut mir leid, Jungs. Ich weiß. Ich vermisse ihn auch.«

Einen Moment lang sahen die vier sich schweigend an.

»Aber jetzt stehe ich in der Verantwortung«, fuhr Nate fort, »also nehmt mich bitte ernst. Das wäre äußerst hilfreich.«

Die drei wippten mit den Köpfen. Sie schienen zu begreifen. Dann rülpste Nikolai zehnmal lauter, als es bei seiner Größe normal gewesen wäre. »Blaaat!«

Pernikus prustete los. »Hi-hi-hi-hi!« Und weiter ging das Tohuwabohu.

Kopfschüttelnd gab Nate auf. Er nahm den zweiten Eimer und schlich hinaus, um die nächste – und unangenehmste – Aufgabe seiner täglichen Pflichten zu erledigen.

Vorher überprüfte er aber noch die vier schweren Schließbolzen an der Kellertür. Sie war fest verschlossen. Er wandte sich um und winkte dem indischen Teppich zu, der zur Seite wogte und die Falltür freigab, unter der die Futterraufe lag.

Nate sah, dass die Falltür gesichert war; die schwere Eisenstange lag fest verankert darüber. Er legte ein Ohr an die Tür. Er hatte schon oft gehört, wie das TIER heraufzuklettern versuchte. Heute aber schien es ruhig zu bleiben. Er holte Luft und packte den Eimer, zog mit der anderen Hand vorsichtig die Eisenstange heraus, hob die Falltür an und schüttete das blutige Glibberzeug so schnell wie möglich durch ein Metallgitter in die dreiwandige Futterraufe.

Während Nate seine Arbeit verrichtete, kam hinter ihm Pernikus in die Eingangshalle gewatschelt. In der Nähe lief der Tischventilator. Der Hauskobold betrachtete die rotierenden Flügel, und als schelmischer kleiner Dämon, der er war, konnte er nicht widerstehen, einen Finger dazwischen zu stecken.

BRRUMM-BRUMM-DUMM-DUM!

Nate fuhr herum und schüttete sich dabei blutigen Schleim auf die Hose. »Pernikus!« Er warf dem kleinen Dämon einen strafenden Blick zu und fragte sich schon, mit welchem Waschmittel man Fischblut aus dunkler Baumwolle herausbekam, da spürte er auf einmal das Kribbeln im Nacken.

Von unten drang ein unmenschliches Knurren herauf. *Rumms!* Etwas krachte gegen das Gitter.

Nate sprang zurück, und der Eimer segelte durch die Luft und verabreichte ihm eine Dusche aus Fischinnereien. Während Nate sich den Schleim aus den Augen wischte, löste sich das Metallgitter allmählich aus der Verankerung.

Rumms! Rumms! Rumms!

Nate riss die Augen auf. Ihm stockte der Atem. Das Gitter war herausgebrochen, hing nur noch an einer Schraube. Er versuchte fortzukriechen, verlor aber den Halt auf dem blutigen Schleim, als plötzlich eine riesige Pranke das Gitter zur Seite stieß und sein Bein packte. Die gelben Krallen zerrissen die Hose und bohrten sich in seine Wade. Es tat höllisch weh.

Die Pranke zog ihn auf die offene Falltür zu. Nate versuchte vergeblich, sich auf dem glatten Holzfußboden festzukrallen. Mit Entsetzen wurde ihm bewusst, dass er zur Futterraufe gezogen wurde. Er wollte schreien, aber seine Stimme versagte.

Nikolai erschien in der Eingangshalle und machte große Augen. Nate lag auf dem Bauch und konnte dem kleinen Muskelprotz nur hilflos zuwinken. Da eilte Nik zu ihm und packte Nates freies Bein, um seinem Herrn zu helfen. Er stemmte die Füße in den Boden und zog mit einer Kraft, die zehnmal größer war, als sein winziger Körper es eigentlich erlaubt hätte, in die entgegengesetzte Richtung.

»Au-au-au!«, rief Nate.

Jetzt stürzte Pernikus herbei, um die Lage zu sondieren. Auch Flappy kam angeflattert, um seinem Hüter beizustehen, prallte aber mit dem schnurrbärtigen Hauskobold zusammen.

»Ihr seid keine Hilfe!«, rief Nate den dreien zu, während er sich immer noch abmühte, nicht den Halt zu verlieren. Die dicke Pranke aus dem Keller zog ihn immer weiter auf die Falltür zu, und jeden Moment würde sein Fuß in der Futterraufe verschwinden, wo das Ungeheuer ihn zweifellos sofort abbeißen würde. *Das war's,* dachte Nate. *Ich bin im Begriff, der am kürzesten tätige Dämonenhüter aller Zeiten zu werden.* Er kniff die Augen zu und wollte sich gerade in sein Schicksal ergeben, als …

Rumms!

Bels riesige Pfote schlug gegen die Falltür, die mit voller Wucht auf die Pranke des Ungeheuers herabkrachte. Die grauenvollen Krallen ließen los, und Nate brachte sich rasch auf allen vieren in Sicherheit. Ohne den Halt an seinem Bein schnellte der haarige Arm in die Dunkelheit zurück, aus der er sich erhoben hatte.

Nate raffte schnell seine fünf Sinne zusammen, die ihm vor Schreck fast abhandengekommen waren. Er hechtete nach vorn, warf schnell die Eisenstange über die Falltür und sank keuchend zu Boden. Ein sich entfernendes Klappern und das Quietschen von Fischinnereien auf Metall verrieten ihm, dass das TIER die Futterraufe hinabrutschte und in sein Gefängnis zurückkehrte. Es war vorbei.

Nate blieb eine Weile auf dem Bauch liegen, die Augen weit aufgerissen, während ihm der Schweiß aus allen Poren brach. Schließlich wandte er sich zu Bel um. »Na toll. Ich bin gerade seit einem Monat fürs Füttern zuständig, und schon lasse ich mich selber beinahe auffressen.«

2. *Kapitel*

Noch eine einsame Seele

Sandra Nertz saß mit einem *Practical-Teen*-Magazin in der Hand hinterm Ausgabetresen der Bücherei. Ihr Haar war zu einem strengen Knoten zurückgebunden, die Kleidung schlicht und ordentlich, und die Augen hinter den dicken Brillengläsern erschienen leicht vergrößert.

Aber Sandy las gar nicht in dem Heft. Sie wollte nur unauffällig einen Blick in die *U Go Girl!* werfen, die Zeitschrift »von Mädchen für Mädchen«. Eigentlich fand sie die ja unter ihrem Niveau – immerhin ging sie inzwischen in die siebte Klasse und war obendrein zweite Bibliotheksassistentin. Aber als ein anderes Mädchen das Heft achtlos auf den Tresen geworfen hatte, war es ihr praktisch in den Schoß gefallen, und die Titelseite hatte sie förmlich angesprungen. Dort stand: *Immer noch keinen Freund? Vielleicht liegt's ja an dir!* Fast eine Stunde lang war sie standhaft geblieben und hatte das Heft nicht aufgeschlagen. Normalerweise machte sie sich nämlich über andere Mädchen lustig, die solchen Quatsch lasen.

Aber ihr war aufgefallen, dass fast jedes dieser hirnlosen Dinger etwas mitbrachte, was sie selbst noch nie gehabt hatte – einen Freund.

Schließlich blickte Sandy sich um, holte schnell die *U Go Girl!* hervor und schob sie ins *Practical-Teen*-Magazin. Als sie sicher war, dass sie niemand beobachtete, schlug sie die Seite mit dem *Keinen-Freund*-Test auf.

Er war ziemlich reißerisch aufgemacht, mit vielen Ausrufezeichen. Sandy studierte die Fragen und kreuzte gewissenhaft die Antworten an. *Ist dein Haar stumpf und kraftlos?* Kreuzchen. *Haben die Schminkutensilien in deinem Badezimmer weniger als zehn Dollar gekostet?* Kreuzchen. *Keine Ohrlöcher?* Kreuzchen. *Hässliche Brille?* Peinlich, aber ja, Kreuzchen. *Ist dein Frauenarzt der einzige Mensch, der bisher deine Brüste gesehen hat?* Kreuzchen.

Und so ging es weiter. Sandy kreuzte ein Kästchen nach dem anderen an und grübelte über Fragen wie: *Was wäre dir lieber: zu Hause ein gutes Buch zu lesen oder einen langweiligen Abend in der Disco zu verbringen?* Sie schürzte die Lippen. Die Frage war hinterhältig. Aber trotzdem, Kreuzchen. Und so weiter und so weiter. Kreuzchen, Kreuzchen, Kreuzchen …

Am Ende des Tests zählte Sandy die Punkte zusammen und erschrak, als sie sah, wie viele Ja-Kästchen sie angekreuzt hatte. Zweiundfünfzig von sechzig möglichen Punkten waren zusammengekommen. Bei Frage einundzwanzig kam sie ungeschoren davon, weil sie an einem Ort arbeitete, »wo Leute abhängen«. Aber gleich darauf hatte sie sich wieder Strafpunkte eingehandelt, weil sie nach der Arbeit mit einer Katze zusammen war statt mit einem Jungen. Das beste Ergebnis waren zehn Punkte oder weniger. Bei diesem Resultat jubelte die Erklärung: *Du bist unwiderstehlich!* – Vergiss es. Für die Elf-bis-zwanzig-Punkte-Kategorie hieß es: *Du bist gefragt.* Auch Fehlanzeige. Einundzwanzig bis dreißig bedeutete: *Man nimmt dich wahr.* Sie gelangte zur letzten Kategorie, einunddreißig bis vierzig Punkte. Hier lautete der Kommentar: *Du bist leider …?*

Sandy sank auf dem Stuhl in sich zusammen. Sie war sterbenslangweilig, quasi unsichtbar. *U Go Girl!* hatte es ihr mit einem simplen Standard-Test vor Augen geführt. Eine Kategorie für über fünfzig Punkte existierte darin gar nicht – sie gehörte also nicht einmal mehr zu den hoffnungslosen Fällen …

Dann sah sie, dass der Artikel auf der nächsten Seite weiterging – mit Ratschlägen für Mädchen, die über vierzig Punkte erzielt hatten. Die Überschrift war: *Die Lösung für Mädchen, die man leicht übersieht, lautet: Abenteuerlichkeit.* Sandy rümpfte die Nase. Sie war sicher, dass »Abenteuerlichkeit« gar kein richtiges Wort war. Sie las weiter. *Warum sitzt du noch untätig herum? Trau dich! Riskier etwas! Sprich einfach den nächsten hübschen Jungen an, den du siehst! Na los, Mädel!*

Als Sandra Nertz aufblickte, stand Nate in der Vorhalle und schüttelte sich wie ein begossener Pudel den Regen aus dem Haar.

Sandy neigte den Kopf zur Seite und musterte den Jungen, während sie geistesabwesend die Bleistifte in ihrem Becher der Größe nach sortierte. Nate schob sich durch das Drehkreuz, dessen rotierendes Gestänge im nächsten Moment seinen Allerwertesten traf. *Passt genau,* dachte sie, *kein Angeber, und trotzdem sieht er gar nicht so übel aus.*

Ratter-ratter-ratter!

Sandys Kopf fuhr herum, als ein Skateboardfahrer am Tresen vorbeisauste. Ihm folgte ein Junge mit dem Skateboard unterm Arm und einem Rucksack mit Anarcho-Aufnäher über der Schulter. Das war Richie, ein Streuner, den Sandy kannte und mochte. Den anderen Jungen, Gus, kannte sie auch. Sie konnte ihn nicht ausstehen.

»He! Skateboards sind hier verboten, ihr Penner.« Am Ende des Tresens erschien Liz, die andere Bibliotheksassistentin. Sie besuchte die Oberstufe von Sandys Highschool und war der Typ Mädchen, der bei dem *U-Go-Girl*-Test hervorragend abgeschnitten hätte. Liz war entschieden *nicht* zu übersehen, vielleicht sogar »unwiderstehlich«. In ihren knallengen Jeans stolzierte sie am Tresen entlang und reckte dabei ihren nicht unbeträchtlichen Busen vor. Sie trug einen Nasenring und hatte ein Stacheldraht-Tattoo am Oberarm. Alles in allem wirkte sie eher wie eine junge Frau, die in der Hot-Mod-Boutique im Westlake-Shoppingcenter arbeitete, nicht wie eine Schülerin, die nebenher in der Bücherei jobbt.

Liz trat hinter Sandy und griff nach dem Mikrofon der Haussprechanlage. »Sandra Nertz, bitte melden Sie sich am Tresen!«, drang es aus den Lautsprechern. »Sandra Nertz, bitte melden Sie sich am Tresen!«

Sandy fuhr zusammen und riss den Bleistiftbecher um.

Liz deutete mit einem Kopfnicken zum Eingang, wo Nate stand. »Komischer Besucher für zwei Uhr nachmittags.«

»Sein Name ist Nathan«, sagte Sandy und versteckte

schnell die *U Go Girl!* »Er kommt schon seit ein paar Wochen her. Scheint ein netter Junge zu sein.«

»Der Typ da drüben?« Liz verzog das Gesicht. »Der ist einfach nur unheimlich. Leiht sich Bücher über Okkultismus, Hexerei und den Bau von Heimkrematorien …«

»Vielleicht steht er einfach auf Gothic.«

Liz stieß Sandy mit dem Ellbogen an. »Hey, wenn du ihn so toll findest, dann triff dich doch mal mit ihm. Vielleicht heiratet ihr ja und wohnt in einem schwarz umzäunten Mausoleum.«

Sandy sah zu Nate hinüber. »Ich glaube nicht, dass er viel ausgeht.«

»Na prima«, erwiderte Liz. »Du doch auch nicht.« Sie stolzierte davon und pfiff ein albernes Lied vor sich hin.

Sandy schaute auf ihre langweilige Kleidung und verzog das Gesicht.

Als sie aufblickte, stand Richie mit betretener Miene am Tresen. »Ähm, ich hab die Verteilung der Gratisbücher verpasst«, sagte er.

»Ich weiß. Ich hab dich vermisst, als wir sie ausgegeben haben«, entgegnete Sandy. »Ist aber kein Problem. Ich hab dir zwei aufgehoben.« Sie langte hinter sich und reichte ihm *Der kleine Hobbit* und *Milos ganz und gar unmögliche Reise*.

Richie vergewisserte sich, dass Gus ihn nicht beobachtete, und steckte die Bücher schnell in den Rucksack.

Am anderen Ende des Raums riss Gus Seiten aus Zeitschriften und faltete daraus Papierflugzeuge. Er blickte auf und winkte Richie zu sich herüber. Der nickte Sandy kurz zu und gesellte sich dann zu seinem Kumpel.

Liz tauchte wieder auf. Sie schüttelte den Kopf. »Du hast ihm die Bücher gekauft.«

»Es waren keine guten mehr übrig«, sagte Sandy.

»Komm schon, du kannst doch nicht jedem Streuner, der hier reinmarschiert, was schenken.«

Da trat Nate an den Tresen.

»Hallo.« Sandy lächelte. »Womit kann ich dir heute helfen?«

Nate blickte auf, als würde ihm gerade erst bewusst, wo er war. »Hä? Oh! Ja.« Fahrig durchwühlte er seine Taschen und brachte schließlich einen zerknitterten Zettel zum Vorschein. »Ich suche ein Buch von diesem Mann. Den Titel weiß ich nicht.«

Sandy nahm den Zettel. Die Buchstaben waren schwer zu entziffern, aber sie war es gewohnt, dass die Jugendlichen ihr zerknitterte Zettel hinhielten, die man kaum lesen konnte.

Sie wandte sich dem Computer zu. Ihre Finger flogen über die Tastatur. Im nächsten Moment erschien das Suchergebnis auf dem Bildschirm, und sie riss die Arme hoch wie eine Olympiaturnerin am Ende ihrer Darbietung. »Ja!«, rief sie begeistert. Dann zuckte sie verlegen mit den Schultern. »Ich hab's.«

Nate beugte sich vor, achtete aber darauf, ihr nicht zu nahe zu kommen.

Sandy rümpfte die Nase. »*Die Erziehung von Dämonen.* Was ist das, ein Selbsthilfebuch?«

»Nein, eine Gebrauchsanweisung«, erwiderte Nate.

Hinter Nate warf Liz Sandy einen vielsagenden Blick zu, formte mit den Lippen das Wort »Spinner« und ging dann weiter.

»Wow, es ist uralt«, sagte Sandy, »und nur auf Latein erschienen. Kannst du Latein?«

Nate schüttelte den Kopf.

»Ich kann ein bisschen«, sagte Sandy. »Wenn du willst, helfe ich dir.«

»Wirklich? Du würdest einem ›Spinner‹ helfen?«

Sandy fragte sich, woher Nate wusste, was Liz gesagt hatte. Besaß er übersinnliche Fähigkeiten? Dann deutete er auf den Bildschirm, und Sandy sah, dass Liz sich darin gespiegelt haben musste. Rätsel gelöst. »Es gibt in ganz Amerika nur eine einzige Ausgabe von dem Buch«, sagte sie. »Ich kann es dir bestellen, aber es dauert drei Wochen.«

»Super. Danke dir …«

»Ich heiße Sandy. Und es kostet einen Dollar Gebühr, ein Buch von einer anderen Bibliothek anzufordern.«

»Natürlich, kein Problem«, sagte Nate und schüttete eine Hand voll Münzen, ein paar Fusseln und einen alten Busfahrschein auf Sandys blitzblankem Tresen aus.

Sie konnte nicht anders und stapelte die Münzen nach ihrer Größe, dann beförderte sie Fusseln und Fahrschein kurzerhand in den Papierkorb.

Nate lächelte, während er zusah, wie sie herumfuhrwerkte.

Sandy spürte, dass er sie beobachtete, und schaute auf. Ihre Blicke trafen sich. *Na los, Mädel!*, dachte sie. Dann holte sie Luft. »Sag mal, du kommst jetzt schon eine ganze Weile her und bist immer allein.«

»Ich kenne nicht viele Leute.«

»Aber mich kennst du jetzt.« Sie kritzelte etwas auf die Bestellgebührquittung. »Du kannst mich ja mal anrufen, wenn du Lust hast.«

Nate wusste nicht, was er entgegnen sollte. Er war hin- und hergerissen. »Anrufen …? Äh – das darf ich nicht«, stammelte er schließlich.

»Warum denn? Verstößt es etwa gegen irgendeine Vorschrift?«

Nate nahm die Quittung. »Ja«, sagte er. Dann machte er auf dem Absatz kehrt und ergriff die Flucht, bevor Sandy etwas erwidern konnte.

Betrübt blickte sie ihm nach. Sie wusste nicht, wie die *U Go Girl!* ihren Annäherungsversuch bewertet hätte, aber da der erste Junge, den sie anzusprechen gewagt hatte, gleich davongelaufen war, ging sie davon aus, dass sie nicht gut abgeschnitten hätte.

3. *Kapitel*

Der Aufbruch des Dürren Mannes

Der Hauptübergang von Kanada in den Staat Washington lag in British Columbia an der Interstate 5 zwischen Seattle und Vancouver. Zwanzig Meilen weiter östlich gab es noch einen anderen, viel kleineren Grenzübergang. Er war sogar so winzig, dass der Zollbeamte Mozelewski manchmal eine Viertelstunde lang kein einziges Auto zu sehen bekam. Und er konnte sich nicht erinnern, wann das letzte Mal jemand zu Fuß an seinem Posten erschienen war.

Am Morgen war dichter Nebel aufgezogen und hatte sich wie ein riesiger weißer Catcher-Handschuh blitzschnell um das Zollhäuschen gelegt. Wäre Mozelewski nicht nach draußen gegangen, um wie vorgeschrieben die Warnlichter einzuschalten, hätte er die Ankunft des Dürren Mannes gar nicht bemerkt.

Die schmale, schemenhafte Gestalt, die aus dem Nebel auftauchte, ging mitten auf der Straße. Hinter dem Mann wirbelten die Dunstschwaden, als stünden sie mit ihm in unheilvollem Bunde. Er trug einen langen schwarzen Mantel, der aber nicht verbergen konnte, wie dürr der Mann war. Zuerst dachte Mozelewski, seine Augen würden ihm einen Streich spielen. Denn der Mann war nicht nur unglaublich dünn, sondern einen Moment lang schien es, als würde seine knochige Hand brennen. Mozelewski blinzelte und sah kein Feuer mehr.

Er hob den Arm und bedeutete dem Fremden stehenzubleiben. Für einen Augenblick schien es, als wolle der Mann einfach an dem großgewachsenen Bundesbeamten vorbeigehen, aber Mozelewski trat ihm in den Weg. Er wedelte den Nebel fort, um den Fremden besser zu erkennen. Das Haar des Mannes war pechschwarz, dabei aber seltsam dünn, als ob es schon vor langem hätte ergrauen müssen. Auch seine starren Augen waren vollständig schwarz und lagen tief in den Höhlen. Sie schienen das Licht anzuziehen, aber keines herauszulassen. Trotzdem wirkte der Mann nicht wie ein Blinder. Im Gegenteil, Mozelewski hatte das Gefühl, sein Gegenüber schaue geradewegs durch ihn hindurch. Und obwohl seine Miene völlig ausdruckslos war, schien der Mann zur *Wie-können-Sie-es-wagen-mich-aufzuhalten*-Sorte zu gehören.

»Ihr Reiseziel?«, fragte Mozelewski in freundlichem Ton.

Der Mann überlegte, aber nicht, weil er sich nicht mehr erinnern konnte, sondern weil er nicht sicher war, ob er sich wirklich herablassen sollte, auf so lästige Fragen zu antworten. Mozelewski kannte solche Typen.

Schließlich sprach der Mann, jedenfalls in gewisser Weise. Die Laute, die er ausstieß, klangen eher wie ein böses Zischen als nach einer Stimme, beinahe wie bei einer Schlange.

»Ssseattle«, zischte er.

»Und wo sind Sie zu Hause?« Mozelewski lächelte. Aufgrund seiner Größe hatte er es nicht nötig, schroff zu sein.

»Wo immer ich gerade bin«, flüsterte der andere.

»Ich meine Ihre Staatsangehörigkeit, Sie Schlauberger«, sagte der Bundesbeamte nun schon weniger freundlich.

»Ich habe jahrzehntelang in Kanada gelebt«, erklärte der Dürre Mann. »Ich habe dort die Zeit totgeschlagen und auf den rechten Augenblick gewartet, um –«

Mozelewski hatte nicht den Nerv, sich die Lebensgeschichte des Mannes anzuhören. Sie standen mitten auf einer nebelverhangenen Straße, und jeden Moment konnte ein Auto heranrasen. Der sonderbare Mann war also Kanadier. In Ordnung. »Gut. Und was ist der Zweck Ihres Besuchs in den Vereinigen Staaten?«

»Ich werde mir ein altes Haus, mein rechtmäßiges Eigentum, zurückholen. Der frühere Besitzer ist freundlicherweise gestorben.«

»Ein Immobiliengeschäft also. Haben Sie etwas zu verzollen?«

Es war eine Standardfrage, aber der Mann wirkte irritiert. »Möchten Sie vielleicht etwas *angeben*?«, sagte Mozelewski langsam.

Der Mann hob die Arme. »Ja. Ich bin der Meister des Chaosss!«

»Und ich bin der Kaiser von China.« Mozelewski runzelte die Stirn. »Irgendwelchen Alkohol dabei?«

Der Mann kniff die Augen zusammen und schüttelte den Kopf.

»Tabak?«, fragte Mozelewski. »Bargeld über fünftausend Dollar?«

Plötzlich funkelte der Dürre Mann ihn an; dabei quoll ihm Rauch aus der Nase.

»K-kanadisches Obst...?«

Mozelewski rannte ins Zollhäuschen und schlug erschrocken die Tür hinter sich zu. Von außen klatschte eine dicke Schicht aus pulsierendem grünem Schleim dagegen und verklebte die Tür so, dass sie sich nicht mehr öffnen ließ. Gleich darauf loderten um das Haus herum die Flammen.

Der Dürre Mann überquerte die Grenze, während hinter ihm das Zollhäuschen lichterloh brannte. Grinsend deutete er hinter sich.

Unter dem Gebäude brach der Erdboden auf. Es sackte zur Hälfte in den klaffenden Spalt. Mozelewski presste das Gesicht ans Fenster und stieß einen lautlosen Schrei aus. Der Spalt wurde breiter und tiefer, und nun versank das Haus vollends darin. Dann schloss sich die Erde wieder und hatte den Zollbeamten verschluckt.

Der Dürre Mann verscheuchte den Nebel. Er wollte nicht von einem Auto angefahren werden. Ein Unfall würde nur unnötig die Aufmerksamkeit der Behörden erregen, und womöglich würde sein menschlicher Körper dabei Verletzungen davontragen. Derartige Dinge wären im Moment äußerst lästig. Der Nebel hatte seinen Zweck, ihn unbemerkt die Grenze passieren zu lassen, ohnehin nicht erfüllt.

Als der Dürre Mann weiterging, folgte ihm der Riss im Boden. Es war Kail, der heimtückische Spalterdämon, der die hässliche Angewohnheit besaß, in leblose Objekte hineinzufahren, ihre Schwachstelle zu suchen und sie dort auseinanderzureißen. Kail pflügte zwischen den Beinen des Dürren Mannes durch die Erde und eilte seinem Herrn als Vorbote für dessen unheilvolles Erscheinen voraus wie eine Leine ohne Hund.

Der Feuerdämon Zunder folgte dem Dürren Mann durch die Büsche am Straßenrand und sprang ihm schließlich von hinten an den Mantel. Zunder war ein mächtiger Zerstörer, ein Verwüster. Jetzt glitt er als lebender Feuerball am Ärmel hinab und nistete sich auf der Handfläche des Dürren Mannes ein.

Der klebrige grüne Ekeldämon war Glump, eine Elastische Zusammenballung der zweiten Ebene. Glump lauerte mit Vorliebe an dunklen feuchten Orten – in Mülltonnen, auf öffentlichen Toiletten und in Nasenhöhlen –, von wo aus er sich als schleimiger Brei über die Hand oder den Fuß jedes Unglücklichen ergoss, der ihm zu nahe kam. Er besaß nicht die rohe Zerstörungskraft von Zunder und Kail, war aber mit Sicherheit der Widerwärtigste der drei.

Glump beeilte sich, die anderen einzuholen. Er gerann zu einem gallertartigen Klumpen, wälzte sich am Bein des Dürren Mannes hinauf, verschwand im Mantel, kam am Kragen wieder heraus, schlängelte sich am Ohr seines Herrn vorbei und schlüpfte ihm ins linke Nasenloch.

Das waren die drei Gehilfen des Dürren Mannes. Sie folgten ihm überallhin oder ließen sich von ihrem Meister mitnehmen. Er behielt sie stets in seiner Nähe und nährte sich von ihrer chaotischen Energie. Im Gegenzug bündelte er ihre

Zerstörungskraft und richtete sie auf ein gemeinsames Ziel. Gegenwärtig bestand dieses Ziel darin, in der verregnetsten Stadt der Vereinigten Staaten ein altes Haus voller ähnlicher Geschöpfe zu finden. Entschlossen reckte der Dürre Mann das Kinn vor und marschierte an einem Straßenschild vorbei, auf dem stand: Seattle – 100 Meilen.